좋아하기 때문에

좋아하기 때문에

1판 1쇄 발행 2024. 2. 29.
1판 6쇄 발행 2024. 4. 11.

지은이 나태주

발행인 박강휘
편집 김성태 디자인 윤석진 마케팅 정희윤 홍보 박상연
발행처 김영사
등록 1979년 5월 17일 (제406-2003-036호)
주소 경기도 파주시 문발로 197(문발동) 우편번호 10881
전화 마케팅부 031)955-3100, 편집부 031)955-3200 │ 팩스 031)955-3111

값은 뒤표지에 있습니다.
ISBN 978-89-349-5693-8 03810

홈페이지 www.gimmyoung.com   블로그 blog.naver.com/gybook
인스타그램 instagram.com/gimmyoung   이메일 bestbook@gimmyoung.com

좋은 독자가 좋은 책을 만듭니다.
김영사는 독자 여러분의 의견에 항상 귀 기울이고 있습니다.

좋아하기 때문에

나태주의 인생 수업

김영사

아이처럼 눈을 크게 뜨고
아 그래, 그렇구나,
감동하면서 보아야 한다.

나태주

차례

2부   인연을
좋아하기 때문에

3부   세상을
         좋아하기 때문에

4부 글을
좋아하기 때문에

내가
포기한 것

내가 자주 들려주는 말이 있다. 인생에서 포기하는 일이 가장 나쁜 일이라고, 흔히 말하는 3포 인생은 나쁜 것이라고, 왜 연애를 포기하고 결혼을 포기하고 출산을 포기하느냐고, 부디 그러지 말라고 당부한다.

그런데 정작 나는 살아오면서 스스로 포기한 일이 여러 가지다. 젊은 시절엔 그러지 않았지만 나이 들면서 점차 포기하기 시작했고, 이제는 여러 가지를 포기하며 살고 있다. 포기란 실패이기도 하고 답답한 일이기도 하고 슬픈 일이기도 하다. 그렇지만 내 포기는 자발적이다.

무엇을 포기했는가? 전통적으로 사람이 살아가는 데는 의식주라는 세 가지 요소가 필요하다고 말해왔다. 옷과 음식과 집이다. 거기에다 현대사회 들어 탈것이 중요해지자 자동차를 더하여 '의식주행'이라고들 말한다. 그만큼 세상을 살아가는 데 네 가지가 중요한 조건이라는 말이겠다.

나는 그 네 가지를 포기했다. 아주 포기한 것은 아니지만 현재 상태로 만족하며 살아가고 있다. 말하자면 자족인 셈이다. 자족은 참 좋은 것이다. 사람 마음을 편하게 만들어준다. 내가 가진 것이 이만하면 좋지 않으냐, 하는 것이 내 생각이다.

좋은 옷, 새로운 옷, 비싼 옷 입기를 소망하지 않는다. 밥도 대충 먹는다. 허기만 채우면 그뿐 그들먹한 음식은 내게 해당하지 않는다고 생각한다. 집도 그렇다. 지금 30년 넘게 사는 낡은 아파트가 내게는 최후의 보루다. 다들 새로 지은 아파트를 찾아 이사 간다, 그러지만 어디까지나 그것은 남의 일일 뿐이다.

그 대신 내가 포기하지 못한 것이 있다. 그것은 사람을 좋아하는 일이고 또 좋은 글을 쓰는 일이다. 어쩌면 그 두 가지는 서로 뿌리가 닿아 있는지도 모른다. 애당초 글은 사람을 좋아하고 세상을 사랑하고 자연을 아끼는 데서 출발한다. 정말이다. 그러지 않고서는 좋은 글이 나오지 않는다.

사람은 무엇을 위해 사는가? 소망이란 무엇이고 사는 목적

과 보람은 도대체 무엇인가? 생각해보면 몇 가지가 있다. 첫째
는 돈, 둘째는 사랑 혹은 이성, 셋째는 권력, 넷째는 명예다. 보
통 사람은 첫째나 둘째에 머물고, 조금 더 나간 사람은 셋째까
지 가고, 아주 많이 나간 사람은 넷째에 이른다.

　이미 내겐 앞의 세 가지가 무의미하다. 필요성을 느끼지 않
는다는 말이다. 내게 필요한 것은 오직 마지막에 있는 명예다.
흔히 말한다. 인간의 욕망 가운데 가장 버리기 힘든 것이 명예
욕이라고. 어쨌거나 나는 명예욕을 버리지 못한다. 글을 쓰는
것 자체가 명예에 관한 것이기 때문이다.

　사정이 여기까지 오고 보니 의식주행을 가볍게 여기는 한편
어느 만큼에서 포기하고 만족하는 것이다. 그러고 보니 나야
말로 포기했다면서 모든 걸 완전히 포기하지 않은 사람 아닌
가. 욕심이 다락같이 높은 사람 아닌가.

2024년 봄

나태주

1부

나를

좋아하기 때문에

내 일생은 마이너임을 타박하지 않고 오히려 그것을 아끼며
보듬은 길고도 초라한 강물 같다. 그러하다. 나는 내 모자람과
가난함을 굳이 타박하지 않았고 그것을 멀리 밀어내지도 않았
다. 오히려 동행하며 친해지려 했다.

몸이
아플 때

살다 보면 곤란한 일을 당할 때가 많다. 그 가운데 하나가 몸이 아플 때다. 날마다 건강하게 잘 사는 게 소원인 사람이 많다. 그런데 그 바람대로 살아지지 않아 걱정이다. 아무리 건강한 사람도 감기나 몸살 같은 잔병에 걸리지 않고 살 수 없으니 더욱 그러하다.

병에 걸리면 몸과 마음이 불편해진다. 그럴 땐 누군가 도와줄 사람이 필요하다. 가장 좋은 조력자는 가족이다. 가족이 정말 필요한 순간은 취약할 때가 아닌가 싶다.

친하게 지내는 독신자에게 혼자 사는 일이 괜찮냐고 물은 적이 있다. 건강할 때는 괜찮은데 몸이 아플 때는 막막하고 가족이 정말 그립다는 대답이 돌아왔다. 그래서 결혼을 하고 가족을 이루며 살아가는 것이리라.

어릴 적 나는 병약했다. 외할머니와 둘이서만 살면서 보낸 유년 시절에 잔병치레가 많았다. 몸이 아픈 날엔 학교에서 돌아오자마자 밥도 먹지 않은 채 잠을 자곤 했다. 대번에 눈치로 알아챈 외할머니는 방에 불을 더 넣고 곁에 와서 내 이마를 짚어주셨다. 소리 내어 말하지는 않았지만 마음속으로 얘가 아프구나, 생각하셨을 것이다.

다음 날 아침 외할머니는 어김없이 흰죽을 쑤어주셨다.

"애야, 일어나 죽이라도 좀 먹어봐라."

그러면 나는 부스스한 꼴로 눈을 비비며 죽을 먹었다. 쌀을 불려서 쑨 죽. 쌀알의 몸이 부서져 한결 부드러워진 새하얀 죽. 흰죽을 먹을 때는 따로 반찬이 필요 없다. 맨간장 하나면 그만이다. 죽을 뜨기 전에 숟가락으로 간장을 조금 떠서 죽 위에 올린 다음 그 부분을 떠먹으면 된다.

한 숟가락, 두 숟가락, 죽을 먹으면 배 속이 서서히 따스해지고 편안해지는 걸 느낄 수 있다. 외할머니는 그런 나를 곁에서 내내 지켜보고 계셨다. 그래서일까. 지금도 나는 흰죽을 좋아한다. 몸이 아플 때뿐 아니라 소화가 안 되거나 밥맛이 없을 때도 흰죽을 쑤어달라고 해서 먹는다. 그러면 왠지 누군가에게 보호받는 느낌, 대접받는 느낌이 든다.

외갓집을 떠나 막동리 집에서 부모님과 살 때도 나는 가끔 앓았다. 어머니는 앓는 사람을 위해 무쇠솥에서 밥을 풀 때 제일 먼저 쌀밥으로 퍼주셨고, 아버지는 서둘러 질매장(충청 서천군 서천읍 삼산리에 서던 재래시장)에 가서 조기 두어 마리를 사다가 찌개를 끓여서 먹게 하셨다. 두레상에 반찬을 올렸지만 암묵적으로 그 조기찌개는 앓는 사람이 먹는 반찬이었다.

며칠 전에도 나는 몸이 불편하여 아내에게 흰죽을 쑤어달라 해서 먹었다. 아무리 밥맛이 없고 몸이 불편한 날에도 흰죽이 목구멍에 잘 넘어가는 걸 보면 신비롭기까지 하다. 특별히 부탁한 일도 아닌데 아내는 조기찌개를 해서 밥상에 올렸다. 외할머니의 흰죽과 부모님의 조기찌개가 함께 밥상에 올라온 셈이다. 아직 내 곁에 아내가 있어서 다행이다.

죽을
고비

사람은 평생 세 번 정도 죽을 고비를 넘긴다 그런다. 이를테면 인생 과정에서 만나는 결정적 위기 상황 같은 것이다. 그건 내게도 여러 차례 왔다.

맨 처음 맞은 죽을 고비는 중학교 2학년 가을의 일이었다. 하굣길에 트럭을 몰래 타고 가다가 가로수에 눈을 다쳐 눈알이 밖으로 튀어나온 사고였다. 어렸지만 본능적으로 눈알을 안으로 밀어 넣었고 좋은 의사를 만나 실명 위기를 넘겼다.

그다음은 20대 초반, 월남전에 비둘기부대 병사로 파병되어 생활하던 시절의 일이다. 사이공 시내에 있는 주월한국군사령

부를 찾아가다가 그만 길을 잘못 들고 말았다. 위험하게도 가려던 곳과 반대 방향으로 가고 있었는데 마침 지나가던 한국인이 나를 발견하고 자기 오토바이에 태워 주월사까지 데려다주었다.

세 번째는 43년 교직 생활을 마감하던 해인 2007년에 벌어졌다. 간 아래쪽에 붙어 있는 쓸개가 터져 수술 불가, 치료 불가, 회생 불가 판정을 받고 3월에서 8월까지 6개월 동안 투병 생활을 했다. 이야말로 내게는 죽을 고비였고 내 몸에 기적이 지나간 일이었다.

그로부터 16년, 나는 감사한 마음으로 제2의 인생을 살며 오늘에 이르고 있다. 몸을 한번 크게 다치고 나면 날마다 순간마다 몸이 아프기 마련이다. 그래도 나는 삶이 안겨주는 보람과 기쁨으로 버티며 온갖 일을 하고 있다.

해마다 한두 차례 크고 작은 병치레를 한다. 나이까지 들어가니 아프지 않고 살아갈 도리가 없다. 그중에서도 지난번 앓은 일은 좀 달랐다. 그야말로 죽을 만큼 아팠다. 죽을 둥 살 둥 병과 싸우기 바빴다. 우선은 밥을 먹지 못했고 잠도 못 잤으며 불안감에 마음마저 흔들렸다.

병원에 입원하지는 않았지만 여러 병원에 다니며 주사를 맞고 약을 지어 먹고서야 겨우겨우 좋아질 수 있었다. 그렇게 몸이 조금 좋아지는가 싶더니 또다시 여름감기에 걸려 더욱 호

되게 앓았다.

옛 어른들은 사람이 나이를 먹으면서 아홉수를 넘기기가 어렵다 그랬다. 올해로 나는 아홉 수 중 일흔아홉 살이다. 그러고 보니 나이를 참 많이도 먹었다. 어느새 오갈 데 없는 늙은이가 되었다.

이번에 얼마나 아팠던지, 앓고 나서 손과 발과 얼굴에서 허물이 다 벗겨졌다. 이것도 특별하고 신비한 일이다. 몸에서 허물을 벗는 것은 파충류인 뱀이나 하는 일인데, 사람인 내가 그렇게 한 것이다. 말하자면 박피시술을 하지 않고 손과 발과 얼굴의 낡은 피부를 벗겨낸 셈이다.

아파트 욕조에 따뜻한 물을 받아 몸을 씻다 보면 손과 발과 얼굴에서 벗겨진 피부가 부스러져 나와 욕조 하수구를 막을 정도였다. 내 기억으로 그렇게 몸에서 허물이 벗겨질 정도로 아팠던 것은 2007년 6개월간 병원에 입원한 뒤의 일이 아닌가 싶다. 그때는 전신이 모조리 허물을 벗었다.

어쨌든 나는 이번에도 죽을 고비를 넘겼다. 전쟁터에서는 포탄이 한 번 떨어진 자리에는 당분간 포탄이 떨어지지 않는다고 한다. 그처럼 이번에 내가 심하게 앓고 죽을 고비를 넘겼으니 당분간은 잘 버티며 살았으면 좋겠다. 그 아홉수란 것을 넘겼다고 여기며 편하게 살았으면 싶다.

마이너의
힘

나는 키가 작고 몸이 약한 마이너였다. 인간도 동물이기에 육신이 작고 약하면 무리와 경쟁하다 밀리게 마련이다. 그다음 집안이 가난했고 돌보는 가족이 시원치 않았다. 이 또한 치명적 마이너였다. 자라서도 마찬가지였다.

옛사람들은 지연, 학연, 혈연 같은 외부 조건에 기대 살았는데 내겐 그 어떤 것도 튼튼한 것이 없었다. 고등학교에 그친 학력은 끝내 내 발목을 잡았다. 내내 시골에 산 것은 열등의식의 근원으로 작용했고, 초등학교 교직을 고집한 것 역시 자랑거리가 아니었다.

나는 그 모든 것을 탓하지 않았다. 만족한 것은 아니지만 크게 불평하지도 않았다. 시를 쓴 일도 그렇다. 소설가보다 빛을 보는 일이 드물었고 인세나 원고료 면에서도 열악하기 짝이 없었다. 이 또한 탓하지 않았다.

50년 넘게 연애편지를 쓰듯 시를 써서 세상에 보냈으나 받아주거나 반응하는 사람이 많지 않았다. 나이 팔십이 가까워서야 겨우 책이 팔리고 내 글을 알아주는 독자가 생겼다. 그것도 어린 독자가 많이 생겼다. 이거야말로 내가 마이너임을 자처하며 오래 견뎌온 결과요 축복이라 생각한다.

내 일생은 마이너임을 타박하지 않고 오히려 그것을 아끼며 보듬은 길고도 초라한 강물 같다. 그러하다. 나는 내 모자람과 가난함을 굳이 타박하지 않았고 그것을 멀리 밀어내지도 않았다. 오히려 동행하며 친해지려 했다.

다행히 그 마이너는 서서히 메이저로 바뀌었다. 정말 그렇다. 내 일생은 내 마이너를 메이저로 바꾸면서 산 과정이라 할 수 있다. 그만큼 마이너는 힘이 세고 싱싱하다. 마이너는 우리에게 부지런함과 미래의 희망을 요구한다.

여전히 나는 마이너임을 자처한다. 조금쯤 형편이 나아졌지만 그 무엇도 바뀐 일은 없다. 언제나처럼 모자를 쓰고 큰 가방을 메고 자전거를 타고 공주 시내를 쏘다닌다. 공주 사람들이 그런 내 모습과 삶을 사랑하고 좋게 봐주기 때문이다.

나는 내 인생을 망치는 방법을 안다. 새 아파트로 이사 가고, 고급 승용차를 사서 몰고, 뒷짐을 지고 거만하게 아는 척하고, 있는 척하며 목에 힘을 주면 대번에 망하리라. 그러기에 여전히 나는 마이너의 삶을 산다.

지금 자신이 마이너라고 생각해 자신을 나무라는 사람이 있다면 그에게 말하고 싶다. 정말 당신이 마이너인가? 그렇다면 그 마이너를 아끼고 사랑하면서 메이저가 될 때까지 묵묵히 기다리며 살아볼 의향은 없는가!

좋아한다는
것

나는 잘하는 것이 없었다. 학교에 다닐 때도 특출하게 잘하는 과목이 없었다. 오히려 자연과학 과목은 남보다 뒤졌고 예능 과목은 많이 모자랐다. 도대체가 재능이란 게 어디에서도 보이지 않는 아이였다. 그래도 깜냥껏 노력하고 애쓰려는 마음은 있었다.

나는 고등학교 과정과 같은 사범학교를 졸업하고 어렵사리 초등학교 선생으로 발령받았다. 그러고 평생을 교직에서 버티며 정년 퇴임 때까지 근무했다. 스물여섯 살 때는 신춘문예로 등단했고 지금까지 50년 넘게 시를 쓰는 사람으로 살고 있다.

그동안 나는 소원이 세 가지인데 그것을 모두 이루었노라 말해왔다. 첫째가 시인이 되는 것, 둘째가 예쁜 여자와 결혼하는 것, 셋째가 고향이 서천임에도 공주 사람으로 사는 것이다. 실은 아직도 진행형인 소원이 있다. 그것은 시인이 되는 소원이다.

시인도 시인 나름이다. 한동안 시를 썼다고 시인은 아니다. 어디까지나 시인은 현재형으로 시를 쓰고 있어야 한다. 어제도 시를 썼고 오늘도 시를 쓰고 있고 내일도 시를 쓸 사람만 시인이다. 아니다. 시인은 그의 생명이 끝나 더는 시를 쓰지 못할 때라야 비로소 완성된다.

열다섯 살 때 시인이 되겠노라 스스로 결심한 이후 하루도 그 결심을 바꾸거나 후회한 적이 없다. 하루도 시를 생각하지 않거나 시를 읽지 않고 넘긴 날이 없다. 그걸 60년 넘게 이어온, 지루하다면 지루하고 가늘다면 가늘게 이어온 인생이다.

무엇이 나를 오늘에 이르도록 이끌었는가? 처음부터 내게 시인이 될 가능성이나 시적 재능이 있었을까? 아니다. 다만 내게 시를 좋아하는 마음이 있었을 뿐이다. 시를 잘 쓰는 사람이 아니라 시를 잘 쓰고 싶은 사람이고픈 마음이 있었을 뿐이다.

무엇인가를 좋아한다는 것은 매우 중요한 문제다. 이것이야말로 원초적 끌림이자 생명의 원동력이다. 성공의 씨앗이며 기쁨과 행복의 지름길이다. 좋아하는 것과 잘하는 것은 언뜻 비슷해 보이지만 그 실상에는 전혀 다른 측면이 있다.

잘하는 것은 밖으로 드러나는 일로 남의 시선과 관계가 있다. 이는 자존심을 높여준다. 반면 좋아하는 것은 안에서 작용하는 일로 자신의 눈길과 맞닿아 있다. 그래서 좋아하는 것은 자존감을 높이는 데 공헌한다.

간혹 젊은 친구들을 만나면 자존감이 많이 떨어져 있다는 말을 듣는다. 내가 보기엔 그들이 오직 '잘하는 삶'을 살려고 애써서 그렇지 않나 싶다. 잘하는 삶은 더욱 잘하는 삶을 요구하고 조금만 부족해도 그것이 스트레스의 원인이 된다. 피로감을 주고 끝내는 불행감에 빠뜨린다.

반대로 무엇인가를 좋아하는 삶은 자기 자신에게 만족감을 준다. 비록 부족하고 실패할지라도 다시금 시도하고 이어갈 여지를 남긴다. 바로 이것이다. 내가 보는 내 모습. 내가 평가하는 내 삶. 외부 풍경이 아니라 내부 풍경. 그것이 바로 자존감이다.

자존감을 높이는 가장 좋은 방법은 내가 좋아하는 것을 하는 일이다. 결코 내가 잘하는 것이 아니다. 자기가 좋아하는 것을 하다 보면 시간 가는 줄을 모른다. 일종의 몰입이다. 좋아서 하면 만족하게 될 것이고, 그 나름대로 성과를 낼 것이고, 기쁜 마음이 생기면서 행복한 마음이 생기기도 할 것이다.

자존감이 부족하다는 젊은이들에게 말하고 싶다. 지금이라도 자기가 좋아하는 것을 찾아 끝까지 해보라. 그러다 보면 자존감이 높아지고 만족하는 사람, 기뻐하는 사람, 끝내 성공하는 사람이 될 것이다.

복수초 깽깽이풀 옆에서

세상을 두루 둘러봐도 웃을 일이 별로 없다. 다만 암울할 뿐. 어둡고 우울하다는 말이다. 도시가 제아무리 으리으리하게 버티고 서서 화려한 간판과 광고판을 자랑하고, 뉴스가 아무리 반짝여도 거기선 한 줌의 웃음도 찾을 수 없다.

마스크로 코와 입과 볼을 가린 채 살다 보니 정작 입술이나 볼로 웃어도 웃음이 밖으로 드러나지 않은 건 맞다. 그런데 정신건강의학과 의사들 말을 들어보면 사람의 눈에만 눈알의 하얀 바탕, 즉 흰자위가 있어서 감정을 표현할 수 있다고 한다. 다행한 일이다. 하긴 눈웃음이란 것도 있긴 하다.

본래 웃음은 흔한 듯해도 예전부터 흔치 않았던 모양이다. 오죽했으면 "웃는 문으로 만복이 들어온다笑門萬福來"라고 하고, "한 번 웃으면 한 번 젊어지고 한 번 화내면 한 번 늙는다一笑一少一怒一老"라고 했을까. 결국 웃음은 흔하지 않다는 것이고, 우리는 억지로라도 웃고 살아야 한다는 말이다.

웃음은 결코 밖에서 오지 않는다. 먼저 마음으로 웃을 준비를 해야 한다. 누가 억지로 웃을 수 있단 말인가. 또 누가 다른 사람을 억지로 웃게 할 수 있단 말인가. 물론 헛웃음도 있긴 하다. 억지웃음이고 거짓웃음이다.

폭소, 껄껄웃음, 냉소, 미소. 웃음의 종류는 다양하다. 가장 좋은 웃음은 미소다. 얼굴 가득 머금은 잔잔한 웃음. 부처님이 설법을 전한 염화미소拈花微笑가 바로 그것이다. 그렇다면 미소는 어디서 오는가? 역시 마음에서 온다. 마음의 만족과 평화가 미소를 불러온다.

그런데 정작 우리 삶에 그 마음의 만족과 평화가 없으니 이를 어쩌면 좋으랴. 그래, 분명한 해답은 없다. 다만 나는 작은 것을 사랑하는 마음과 감사하는 마음을 이야기하고 싶다. 지금 우리는 지나치게 화려하고 새롭고 비싸고 큰 것만 사랑하는 경향이 있다. 그러다 보니 마음의 만족과 평화가 없다.

억지로라도 자기 주변의 작은 것, 오래된 것, 흔한 것 들을 살펴보고 거기에 눈길과 마음을 주어보자. 조금씩 관심이 생기고 사랑이 싹트고 안쓰러움까지 느껴진다면 감사하는 마음과 다행스러워하는 마음이 열릴 것이다. 거기가 만족의 자리이자 평화의 자리다.

실은 나도 요즘 많이 우울하다. 나이가 제법 들어 또래의 부음에다 선배 문인들이 세상을 뜨셨다는 소식을 자주 접하다 보니 의기소침해진다. 세상만사 귀찮고 아무 일도 하고 싶지 않다. 게다가 추운 겨울이 길고 길게 이어지고 세상 소식마저 영 어지럽고 시끄러우니 더욱 그렇다.

어디서 기쁨을 찾고 어디서 웃음의 근원을 찾을 것인가. 웃음이란 그 사람의 마음 바탕에서 오는 것이요 미소가 가장 좋은 웃음이라고 내 입으로 말하면서, 정작 나는 그 미소를 잃고 말았으니 이를 어쩌면 좋단 말인가!

빨리 날씨가 풀려 나무에 새잎 나고 꽃 피고 들판에 풀빛이라도 살아나면 좋겠다. 눈부신 햇살이라도 보았으면 좋겠다. 중학교나 고등학교 문학강연에 초청받아 어린 친구들을 만난다면 더욱 좋겠지. 그러면 한발 물러선 내 마음의 평화와 만족이 조금씩 다가와줄지도 모른다.

아닌 게 아니라 요즘 나는 날마다 풀꽃문학관에 나가 꽃밭을 들여다본다. 꽃들이 새싹을 내밀었나 살피기 위함이다. 아직은 새싹들이 보이지 않는다. 다만 수선화 촉이 조금씩 올라오고 있음을 본다. 참, 용하기도 하지. 이 추위 속에 새싹을 내

밀다니. 수선화 새싹을 보는 순간 내 얼굴엔 조그만 미소가 번
진다.

수선화 다음으로 내가 기다리는 녀석은 복수초다. 일명 얼
음새꽃. 아직 소식이 없다. 또 있다. 복수초 옆에 깽깽이풀. 연
보랏빛으로 하늘하늘 피는 꽃. 복수초가 황금 노랑 꽃잎을 펼
치고 깽깽이풀이 연보랏빛 꽃잎을 날릴 때 나는 그 곁에 앉아
그들과 눈을 맞추며 얼굴 가득 미소를 머금을 것이다. 그들이
빨리 오면 좋겠다.

정원에서의
일

한동안 정원 일에 게을렀다. 오랜만에 풀꽃문학관 정원을 둘러보니 꽃들이 제자리에 있지 않고 여기저기 흩어져 있다. 꽃은 식물이지만 한자리에 붙박이로 살지 않는다. 꽃도 돌아다니며 산다. 아니, 제가 살고 싶은 곳을 찾아다니며 산다. 구절초가 그렇고 솔대극이 그렇고 층층꽃과 등심붓꽃이 또 그렇다.

참 이런 것 하나만 봐도 자연의 신비함이 느껴진다. 더 신기한 건 깽깽이풀이다. 이 녀석은 아예 엉뚱한 곳에 싹을 틔운다. 앞 정원에 있는 깽깽이풀 싹이 뒤 정원에서 올라왔다. 그것도 아주 작고 초라한 잎새 하나. 듣기로는 개미가 꽃씨를 물어다 옮겨서 그렇다고 한다. 그래서 꽃 이름이 깨금발로 옮겨 다닌다는 뜻으로 깽깽이풀이란다.

꽃밭 일을 한다고 마냥 기쁘고 좋은 건 아니다. 내가 소중히 여기는 꽃이 잘 자라지 않거나 아예 사라지면 마음이 무겁다. 사랑과 정을 안겨주니 그게 너무 부담스러웠나! 독일용담과 금낭화와 노루오줌이 시원치 않고 두메양귀비와 노랑 할미꽃과 하얀 할미꽃, 복수초는 아예 자취를 감춰버렸다.

열심히 정원 일을 했다. 웃자란 누런 잔디를 다듬고 꽃들을 정리했다. 야속하게도 사람이 별로 귀히 여기지 않는 꽃들은 보란 듯이 왕성하게 잘 자란다. 해국이나 어성초, 꿀풀이라 불리는 하고초 같은 꽃은 아예 제 영역을 벗어나 다른 꽃 자리까지 훌쩍 넘보면서 번져나간다. 미상불 수세樹勢를 꺾어줄 필요가 있다. 적당한 양만 남기고 뽑아주어야 한다.

며칠 전의 일이다. 해국 뿌리를 뽑는데 깜짝 놀랄 일이 벌어졌다. 호미로 풀뿌리를 찍어 뒤집은 순간 그 밑에서 개구리 한 마리가 툭 솟구쳐 나왔지 뭔가! 호미질하다가 가끔 굼벵이나 지렁이를 캐는 일은 있지만 개구리를 캐는 건 처음이다.

어라! 놀랍기도 하고 미안하기도 하여 녀석을 붙잡아다 다시 흙 속에 묻어주었으나 녀석은 꼬물거리다가 끝내 튀어나와 다른 곳으로 도망갔다. 개구리가 사라진 뒤 나는 호미를 놓고 개구리가 뛰어간 쪽을 한참 바라보았다. 미안하다, 미안해. 네 겨울잠을 너무 일찍 깨워서 미안하다.

그나저나 풀꽃문학관 정원에 개구리가 산다는 게 신기하고 놀라웠다. 아, 그랬구나. 우리 문학관에도 개구리가 살고 있었구나. 그다음 날 비가 내리기는 했지만, 부디 녀석이 죽지 않고 문학관 뜨락에서 잘 살아주기를 비는 마음이다.

인생의
성공

한 사람의 일생에서 어느 시기가 가장 중요할까? 유소년, 청년, 장년, 노년. 모든 시기가 중요하고 시급하다. 각 시기에는 그 나름대로 특성과 과업이 있다. 그러나 제법 오래 살아본 사람의 식견과 안목으로 볼 때는 아무래도 노년의 삶이 가장 중요하지 싶다.

유소년과 청년의 인생은 오롯이 자기 자신의 인생이 아니다. 부모나 집안 형편이 많은 부분을 지배하고 결정하는 삶이다. 말하자면 타고난 자질이나 환경에 좌우되는 시기라 하겠다. 한 개인의 독자적 인생이 아니고 부모의 인생과 결합한 인생이다.

마흔 살까지의 얼굴은 부모의 영향으로 타고난 것이고, 마흔 살부터가 스스로 만들어가는 얼굴이라는 말이 있다. 인생을 길게 들여다보면 마흔 살까지의 인생은 서툴고 설익은 인생이다. 이 시기는 그 이후 인생을 준비하는 과정이라 하겠다.

사람은 좀 더 많은 기회를 누려야 한다. 그러기 위해서는 오래 살 필요가 있다. 그래야 서툰 인생 전반부에 실수한 것을 참조해 후반부에 수정하고 보완할 수 있다. 어찌 처음부터 완전하고 흠 없는 인생이 있을까.

생각해보자. 진정 어떤 인생이 성공한 인생일까. 인생 전반부만 행복하고 풍요롭고 그 이후 삶은 그것에 못 미친다면, 그 인생은 결코 성공한 인생이 아니다. 오히려 인생 전반부가 초라하고 그다지 성공적이지 못했어도 후반부가 잘 풀려 좋아졌다면 그 인생이 성공한 인생이다.

그러니 현재 젊은 시절을 사는 사람들은 지나치게 조바심할 일이 아니다. 지금 당장 일이 풀리지 않더라도 조금쯤 지그시 참고 기다리며 인내해볼 필요가 있겠다. 물론 그 나름대로 시도하고 노력해야 한다. 끝없는 노력이 있어야 한다. 결코 중간에 포기해서는 안 된다.

인생의 종착점은 돈이나 권력이 아니다. 그 자리엔 사랑과 명예가 놓여야 한다. 돈이나 권력은 젊은 시절에 필요한 것으로 한시적으로 중요하다. 반면 사랑과 명예는 항구적이고 초월적이다. 사랑과 명예는 목숨이 끊긴 이후에도 계속 영향을 미친다.

지나치게 조바심하지 말자. 인생은 짧으면서도 길고 길면서도 짧다. 오늘의 젊은 사람들에게 말하고 싶다. 자신이 꿈꾸는 자기 모습을 가슴에 품고 끝까지 가보라고. 그러다 보면 인생 끝자락에 이르렀을 때 자신이 바라는 또 하나의 자기가 웃으며 맞아줄 날이 올 거라고.

내게 막막한 시절이던 40대 중반에 쓴 내 시 한 편을 읽어 본다.

"지는 해 좋다/ 볕 바른 창가에 앉은 여자/ 눈 밑에 가늘은 잔주름을 만들며/ 웃고 있다// 이제 서둘지 않으리라/ 두 손 맞잡고 밤을 새워/ 울지도 않으리라// 그녀 두 눈 속에 내가 있음을/ 내가 알고/ 나의 마음속에 그녀가 살고 있음을/ 그녀가 안다// 지는 해 좋다/ 산그늘이 또 다른 산의 아랫도리를/ 가린다// 그늘에 덮이고 남은/ 산의 정수리가/ 더욱 환하게 빛난다."(〈지는 해 좋다〉 전문, 《훔쳐보는 얼굴이 더 아름답다》, 일지사, 1991)

좌우명

지금껏 살아오면서 어떤 말을 좌우명으로 삼았을까? 살아온 날이 짧지 않으니 내 좌우명은 여러 개였다. 삶의 연대에 따라 충분히 달라졌다.

1971년 시인으로 데뷔하여 활동할 무렵 나는 내 나름대로 내 인생에 주문을 하고 싶었다. 그때 이대로 살아서는 안 되겠다는 자각과 함께 '맑게 살아보자'라는 생각을 했다. 1973년 결혼하고 아이들이 생긴 뒤로는 '하루하루 최선을 다하며 살자'라는 생각을 가슴에 품고 살았다.

삶은 날마다 팍팍하고 숨이 찼다. 최선을 다하며 살려면 다시금 그것을 받쳐주는 또 다른 명제가 필요했다. 그때 떠오른 말이 '빈이무첨貧而無諂'이었다. 이것은 우리 선인들이 인격 수양의 한 덕목으로 활용한 《명심보감》에 나오는 말이다.

본래 이것은 공자님의 어록 《논어》 〈학이〉편에 나오는 말로, 공자님의 수제자 자공子貢이 공자님에게 묻는 말에서 연유한다. 원문은 "빈이무첨 부이무교, 하여貧而無諂 富而無驕, 何如"로 그 해석은 '가난하지만 아첨하지 않고 부유하지만 교만하지 않는다면 어떻습니까?'다.

나는 무작정 빈이무첨이란 말이 좋았다. 여러모로 모자라고 춥고 가난한 삶이었지만 빈이무첨이란 말에 의지해 먼지바람 날리는 인생의 사막을 건너왔다. 여간 고마운 일이 아닐 수 없다.

조금씩 세월이 보태져 어느새 노년. 그동안 빈이무첨 대신 '날마다 이 세상 첫날처럼 살고 날마다 이 세상 마지막 날처럼 정리하면서 살자'라는 말을 가슴에 품기도 하고, 더 나이 들어선 '밥 안 얻어먹고 욕 안 얻어먹기'를 삶의 푯대로 삼기도 했다.

이제 돌이켜보니 빈이무첨보다 더 실천하기 어려운 명제가 부이무교다. 궁핍하게 살던 사람도 어느덧 형편이 풀리고 좋아지면 빈이무첨으로 살던 시절을 망각한다. 그것이 또 인지상정이다. 부디 잊지 말아야 할 일이다. 빈이무첨 시절을 잊지 말자. 내 비록 궁핍함은 조금 벗어났지만 여전히 궁핍한 사람들을 잊지 말자. 나는 나에게 당부하고 나를 단속한다.

팔십
나이에

세월이 참 빠르고 무정하다. 신년을 맞은 게 엊그제 같은데 어느새 12월 끝자락에 와 있는 나를 본다. 세월이 빠르고 덧없다는 것은 옛사람들도 충분히 실감하고 이야기한 바다. "세월이 유수 같다"라느니 "세월이 쏜살같이 지나간다"라느니 하는 말이 다 그 표현이다.

내 나이 이제 배안엣나이로 쳐서 팔십이다. '고로롱팔십'이란 말이 있는데 정말 내가 그 팔십인 것이다. 왜 고로롱팔십인가? 건강을 자랑하는 사람도 팔십 이전에 세상을 떠나는데 병약한 사람이 고롱고롱 앓으면서 팔십까지 버티며 산다는 데서 비롯된 말이다. 나야말로 그 고로롱팔십에 이르렀다.

또 이런 말도 있다. 할망구. 우리는 이것을 '늙은 여자를 낮잡아 이를 때' 쓰지만 정작 그 말은 '망구望九'에서 비롯한 것이란다. 망구란 '아흔 살을 바라본다'라는 뜻으로, 나이 여든한 살을 가리키는 말이라고 한다.

문학평론가 유성호 교수에게 듣고 알게 된 말이다. 나도 앞으로 한 해만 잘 버티면 망구의 나이, 여든한 살이 된다. 사람이 모르고 사는 것이 참으로 많거니와 깨우침을 준 사람에게 새삼 숙연한 마음과 고마운 마음이 든다.

어떻게 살 것인가? 젊은이뿐 아니라 나이 든 사람에게도 중요한 문제다. '송구영신送舊迎新'이란 말이 있지만 어떻게 옛것을 버리고 새것을 맞이할 것인가?

나는 인생을 10년 단위로 묶어 생각하면서 살았다. 젊을 때부터 그랬다. 1년, 1년, 단발로 생각하며 살지 말고 10년을 한 묶음으로 살아보자. 그 10년 안에 변화하는 나 자신이 분명 있을 것이다. 나는 그렇게 마음을 다지며 살았다.

10년이란 참으로 대단한 시간이다. "권불십년權不十年"이란 말이나 "10년이면 강산도 변한다"라는 말도 있지 않은가! 그만큼 10년은 충분히 변화할 가능성을 품고 있는 세월이다.

나는 시에 뜻을 둔 지 11년 만에 시인이 되었다. 그 뒤로도 나는 10년 간격으로 무언가 중요한 일을 겪으며 살았다. 풀꽃문학관만 해도 그렇다. 적산가옥 한 채를 구매해 2014년 개관했다. 그리고 10년 만에 300평 규모의 건물을 지어 새로운 문학관으로 출범하게 되었다.

내 생각은 그렇다. 사람이 무엇이든 결심하고 그 결심을 10년 동안 실천하면 이 세상에서 이루지 못할 일은 거의 없노라고. 문제는 꾸준한 노력과 실천이다. 그러기에 책 《그릿》을 쓴 앤절라 더크워스 교수도 성공 인자를 "끝까지 포기하지 않고 노력하는 열정"이라고 말한 것이다.

10년을 한 묶음으로 보면서 살아보자. 그것은 짧게 쉬는 호흡이 아닌 길게 쉬는 호흡이며 상당히 인내심을 요구하는 삶이다. 그렇게 살다 보면 분명 좋은 결과, 만족스러운 내일이 기다려주리라. 오늘날 우리의 문제는 무엇이든 과잉과 졸속에 있다. 속도 과잉, 비교 과잉, 성취 과잉, 소비 과잉. 화분의 화초를 죽이는 것은 물 부족이 아니라 물 과잉이란 걸 우리는 알고 있지 않은가.

이제 내게는 그 10년이란 것이 어렵다. 어쩌면 5년쯤은 가능할지도 모른다. 그 안에 정리할 것을 차분히 정리하면서 미뤄둔 자잘한 소망을 이루고 싶다. 젊은 세대가 멀리 보며 품고 살아갈 10년이 부럽다.

이 밝은
햇빛 속으로

　자전거를 타고 따라가는 제민천 길. 내가 사는 공주 금학동 아파트에서 시내 쪽으로 가는 길은 이 길이 유일하다. 다른 길은 없다. 이른바 외통수 길인데 이 길은 금강으로 흘러가는 제민천을 따라 나 있어 비스듬히 아래로 기울었다. 그래서 자전거를 타고 시내 쪽으로 가면 페달을 가볍게 밟아도 자전거가 굴러간다. 저절로 기분이 가볍고 상쾌해진다.

　요 며칠 심히 앓았다. 아니 혼돈에 빠졌다. 내내 잘하던 문학강연을 흡족히 해내지 못했다. 다리가 풀려 제대로 서 있지 못했고, 입에서 말이 잘 나오지도 않았다. 무슨 말을 하긴 해야겠는데 다음 말이 잘 떠오르지 않았다. 전에 없던 일이다. 당황스러웠다. 머릿속이 하얘진다는 말을 들은 적이 있는데 바로 그 증상이 내게 일어난 것이다.

무엇보다 자신감 상실이 문제였다. 청중을 바라보기조차 버거웠다. 왜 이러나 싶어 나를 추스르려 하면 더욱 자신이 없어지고 그만 자리를 피하고 싶어졌다. 몇 차례 강연 실패 끝에 아무래도 안 되겠다 싶어 정신건강의학과 의사를 찾아갔다. 가벼운 우울증에다 번아웃 증상이라고 했다. 당분간 약을 먹기로 했다. 하강한 바이오리듬이 상승하지 않아 그렇다면서 시간이 필요하단다. 충분히 쉬어야 한단다. 어찌하면 좋을까?

이미 강연 일정이 12월까지 꽉 찬 상태인데 그걸 모두 취소해야 하나? 그동안 1년에 200회 넘게 강연을 해왔다. 어디든 오라 하면 마다하지 않고 찾아갔다. 특히 중등학교 학생들을 만나는 일이 좋았다. 아이들을 만나면 이쪽에서 먼저 마음이 맑아지고, 하고 싶은 말이 술술 떠오르지 않았던가. 아이들은 또 얼마나 생기발랄하게 내 말을 받아주었던가. 그것은 마치 두 개의 바다가 마주 파도치면서 일렁이는 것과 같았다.

이제는 그렇지 않다. 아이들과 함께하는 강연도 부담스럽고 겁이 난다. 과연 내가 아이들에게 무슨 말을 들려줄 것인가? 내 말에 무슨 유익이 있단 말인가? 스스로 자괴감이 든다. 하기는 그동안 내가 말을 너무 많이 한 것이 잘못이다. 같은 내용을 이곳저곳 다니면서 반복적으로 지껄였다. 그래서 마음속 곳간이 텅텅 비어버린 것이다. 무슨 일이든 과하면 부족함만 못한 법이다. 아무래도 내가 그간 말하기를 과하게 했지 싶다.

'용불용설用不用說'이란 게 있는데 아무래도 그 말은 믿을 말이 아니다. 무엇이든 총량이란 것이 있어서 바닥이 나면 문제가 생기게 마련이다. 사람이 너무 많이 울면 눈물샘이 말라 더 이상 눈물이 안 나온다는 말도 생명의 총량과 관계가 있다. 여하튼 나는 지금껏 너무 많은 말을 했다. 줄여야 산다. 줄이는 것만이 유일한 해결책이다.

생각을 가다듬으며 계속해서 자전거 페달을 밟는데 어둡고 답답하던 가슴이 조금씩 밝아진다. 제민천 물소리가 조금씩 귀에 들려온다. 더러 큰비가 내리면 왈살스럽게 흐르기도 하지만 평소에는 조곤조곤 이야기하듯 흘러간다. 내 자전거가 제민천 길을 따라, 제민천 물소리를 따라 굴러간다 싶었는데 오히려 제민천 물소리가 나를 따라 흘러가는 게 아닌가 싶다. 마음이 더욱 차분해진다. 편안하다. 모든 것을 완전히 내려놓지는 못하겠지만 조금씩 내려놓고 서둘러 빠르게만 가던 길을 천천히 가리라.

멀리, 오래 가려면 천천히 가야 한다. 입으로는 그렇게 말하면서 실천하지 않은 게 내 잘못이다. 경북 문경의 점촌도서관에서 강연할 때 내가 하도 긴장하고 허덕대자 청중 가운데 한 사람, 내 또래의 한 남자가 질의응답 시간에 손을 들고 일어나 말하지 않았던가. 시인 자신은 《너무 잘하려고 애쓰지 마라》 는 시집을 냈으면서 강연하는 걸 보니 너무 잘하려고 애쓰는 것 같은데 그러지 말았으면 좋겠다고.

하긴 그날은 어찌나 자신이 없던지 전날 작성한 강연 원고를 가져가 그걸 읽었다. 그러니 그런 충고가 나오는 것도 당연했다. 멈추어야 산다. 줄여야 산다. 글이든 말이든 줄이고 줄여야 하는데 그게 잘 되지 않아 걱정이다. 그래도 노력은 해보아야 한다. 생각이 그쯤에 이르자 마음이 더욱 가볍고 밝아졌다. 지금은 장마철이지만 모처럼 맑고 푸른 하늘이 머리 위에 있다. 밝은 햇빛이 나를 감싼다. 좋다. 오늘은 내가 이 밝은 햇빛의 강물 속으로 들어가보는 거다. 그럴 때 내 자전거는 배가 되기도 하고 비행기가 되기도 하리라.

행복한지
물었다

나는 종종 풀꽃문학관 뜨락에서 시든 꽃을 전지가위로 정리하고 웃자란 잔디를 낫으로 깎아준다. 가끔은 호미로 필요 없는 식물을 뽑아내기도 한다. 장갑을 껴도 어느새 손에 흙이 덕지덕지 묻는다. 뜰을 손볼 때 나는 그냥 정원사가 되어 노동을 한다. 하긴 글 쓰는 일도 노동이긴 하지만.

한참 머리를 들이박고 풀을 베고 있는데 누군가가 곁에 와서 인사를 했다. 안으로 들어가시라고 해도 이미 안에 들어갔다 왔다며 그 자리에 그대로 서 있었다. 슬쩍 부담스러웠다. 모처럼 외부 일정이 없어 정원 일을 하고 있던 참인데 어쩌나?

한참 주변에서 머뭇거리던 젊은이가 물었다.

"작가님은 지금 행복하신가요?"

"그걸 왜 묻는데요?"

"실은 제가 지금 인생의 진로를 결정하지 못해 오락가락하고 있거든요."

"그래요? 그럼 좋아하는 일을 해보세요."

"좋아하는 일을 하면 행복해질까요?"

"글쎄요. 아마도 그럴 겁니다."

그 젊은이는 부산서 왔다고 했다. 기왕이면 내가 방 안에 편히 있을 때 만났으면 좋았겠다 싶다. 일손을 멈추고 흙 묻은 장갑을 벗고 찬물에 손을 씻은 뒤, 문학관에서 나누어주는 조그만 시집에 사인을 해주기는 했지만 좀 더 친절하게 대하면서 상세히 일렀으면 좋았을 것을 그랬구나 싶다.

그 젊은 친구가 다녀가고 나서 특별한 손님이 풀꽃문학관 뜰로 찾아왔다. 아버지 생전에 아버지와 함께 문학관에 왔다가 나를 못 만나고 갔는데, 아버지가 돌아가신 뒤 어머니 모시고 두 아들까지 데리고 왔다는 중년 여인이었다. 어쩐지 내가 죽은 뒤 우리 가족 모습 같아 그들과 잠시 사진을 찍었다.

애창곡

애틀랜타문학회에서 준비한 여름 문학 축제에 참석해 문학 강연을 했다. 동행한 유성호 교수와 내가 두 차례씩. 애틀랜타 문학인을 상대로 넓은 한인회관 강당에서 이틀간 열린 강연이다. 마지막 강연이 내 차례였는데 강연을 마치면서 아무래도 섭섭한 마음이 들어 노래 하나를 불렀다. 박목월 작시, 김성태 작곡인 〈이별의 노래〉.

반주도 없이 3절까지 노래를 불렀는데 함께한 청중도 따라 불렀다. 아니, 나보다 더 열정적으로 목을 놓아 노래하는 걸 단상에서 볼 수 있었다. 가슴이 찡했다. 아, 마음을 왈칵 쏟아내는 사람들. 이국땅에 와서 낯선 사람들과 비비대기치며 고달프게 살아가는 그들. 모처럼 고국에서 온 문인의 강연을 듣고 헤어지는 시간에 부르는 노랫가락이 예사롭지 않았다.

우리나라 사람들은 유난히 노래를 좋아한다. 하긴 흥과 끼가 넘치는 민족이니 그럴 만하다. 함께 노래를 부르면 마음이 하나로 모인다. 그 마음은 부드럽고 넓은 강물이 되어 멀리까지 흘러간다. 놀이와 대화와 음식을 나눠 먹는 일도 마음을 하나로 모으지만, 노래는 그보다 더 완벽하게 사람의 마음을 하나로 모으는 듯하다.

7박 8일 일정을 마치고 돌아오는 날 밤, 문학회 회장이 회원들과 나를 집에 초대했다. 그곳에서 우리는 저녁 식사를 마치고 노래방 기기가 있는 넓은 홀에 모여 노래를 불렀다. LA 방문 때도 그랬고 미국 여행 마지막 밤엔 으레 노래방 기기가 있는 방에서 노래를 부른 기억이 난다. 한국에서는 좀처럼 즐기지 않는 노래방 문화를 미국에서 즐긴 것이다.

내 차례가 왔을 때 나는 두 곡을 불렀다. 배호가 부른 〈파도〉와 나훈아가 부른 〈애정이 꽃피던 시절〉. 〈파도〉는 내가 20대 시절 막걸리 잔을 앞에 두고 젓가락으로 술상을 두드리는 장단에 맞춰 부르던 노래다. 나훈아의 〈애정이 꽃피던 시절〉은 40대 무렵, 그러니까 공주에 처음 와서 살던 시절 공주의 문인들과 어울려 문학기행을 가면서 관광버스 안에서 부르던 노래다. 조금만 불러도 가슴은 울렁임으로 가득 차고 마음은 한사코 옛날로 돌아간다.

왜 내가 좋아하는 노래는 모두 그렇게 애달플까. 또 노랫말 속에는 왜 실연과 이별만 있는 걸까. 아무리 세월이 흘러도 변하지 않는 내 애창곡들. 그 노래들 속에는 자라지 않는 아이가 들어 있다. 실상 노래는 울고 싶은 마음일 때 그 울음을 대신하는 또 하나의 울음일지도 모른다. 지나고 보니 애틀랜타에서 만난 사람들 그리고 그들과 함께한 시간이 그립다. 이것 역시 노래가 안겨준 무지개 마음이 아닌가 싶다.

강경

강경이란 곳은 내 인생의 끝에 있다. 아니다. 내 인생의 시작점에 있다. 내가 지각이 들어 처음 만난 도시는 서천의 장항이다. 그곳엔 커다란 외항선이 있었고 마을 입구에서부터 생선 비린내가 코를 찔렀다. 그곳 사람들은 그 냄새를 가리켜 "냄새가 등천한다"라고 했는데 그 말처럼 냄새가 사방에 퍼져 있었다. 밤이면 산처럼 높은 외항선에 층층이 불이 켜져 딴 세상처럼 보였다. 그것이 초등학교 5학년 때 외할머니를 따라간 길에서 본 풍경이다. 장항에는 어머니의 이모할머니 댁이 있었다.

그러나 그보다 먼저 나타난 도시가 있다. 강경이다. 때는 바야흐로 1952년, 한국전쟁 다음다음 해다. 양력으로 2월 7일, 아버지가 징집영장을 받고 논산훈련소에 입소해 훈련받을 때였다. 당시 아버지 나이는 스물여섯 살. 내 나이는 일곱 살. 장남인 나 말고도 아버지에게는 세 아이가 더 있었다. 그러니까 스물여섯 살 청년이 네 아이를 두고 군대에 간 것이다.

정전 협정이 이루어진 것이 1953년 7월 27일이니까 아직 전쟁 중인 상황이었다. 당초 제주도 대정읍에 본부를 두고 있던 육군 제1훈련소 기능을 옮겨와 세운 곳이 논산의 제2훈련소다. 허허벌판에 막사만 몇 개 짓고 들어선 상태였다. 나중에 아버지에게 들은 바에 따르면 훈련을 마치고 돌아올 때마다 뗏장을 한 장씩 떠서 어깨에 메고 와 부대시설을 만들었다고 한다.

그 아버지를 면회하러 간 사람이 바로 나다. 2월 입대인데 훈련을 초여름까지 진행했다던가. 여하튼 아버지를 면회하러 나섰다. 맏아들이 보고 싶으니 면회하러 올 때 꼭 데려오라는 아버지의 전갈에 따라 어린 내가 따라나선 것이다. 어머니와 어머니 등에 업힌 넷째와 할머니와 외할머니. 집안의 주요 구성원이 총출동한 셈이다.

아침 일찍 일어나 고향마을 막동리에서 기산면 면사무소가 있는 화산리 정류장까지 걸어갔지 싶다. 어린아이가 날짜를 기억하는 것은 쉽지 않다. 그래도 날씨가 좀 더웠다는 것, 할머니와 외할머니가 모시옷을 입고 있었다는 것, 힘들었다는 것, 외할머니와 할머니가 머리에 커다란 짐을 이고 갔다는 것은 기억난다. 우리 일행은 비포장도로를 달리면서 심하게 털털거리는 엉성한 자동차를 타고 갔다. 아마도 일본인이 쓰다가 버린 트럭 비슷한 것을 개조해 만든 버스였지 싶다.

자동차가 덜컹거리면서 차 안에 실은 짐짝들이 이리저리 나뒹굴었다. 차를 타고 가는 것은 혼비백산하는 일이었다. 어찌어찌해서 자동차는 우리를 세도 나루까지 데려갔다. 거기까지 가면 자동차는 더는 가지 못한다. 자동차에서 내린 우리는 물가로 가서 배를 타고 강경 쪽으로 건넜다. 이미자의 노랫말에나 나옴직한 그런 황포돛배였다. 그러니까 누런 천을 하늘 높이 늘여 세운 배였다. 나로서는 처음 타보는 자동차에 처음 타보는 배였다.

아마 나는 어른들 눈치만 살피며 그 꽁무니만 따라서 걸었을 것이다. 다리가 아파도 아프다는 말을 차마 하지 못했으리라. 강경 나루에서 시내를 가로질러 논산훈련소를 찾아가는 길이다. 그것도 초행길, 걸어서 가는 길이다. 어떻게 하든 지름길을 찾아 거리를 줄여야 했다. 어른들은 만나는 사람마다 길을 물었을 거다.

"논산훈련소를 갈려면 어디로 가야 한대유?"

아슴아슴 대답이 나오면 또 어떻게 가야 빠른 길이고 여기서부터 거리가 얼마나 되느냐 물었을 터다. 그렇게 묻고 물어서 찾아간 곳이 강경상업학교 운동장이었다. 내 기억이 그렇다. 커다란 운동장이었다. 어린 눈에 몹시도 넓은 공간이었다. 둘레에 상록수 울타리가 높다랗게 둘러쳐 있었다. 운동장 끄트머리 조회대 주변에 검은색 교복을 입은 키가 큰 남자 어른들이 우뚝우뚝 서 있었다. 그들도 키 큰 나무처럼 보였다. 바로 강경상업고등학교 학생들이었다.

우리는 운동장을 가로질러 상록수 울타리 사이로 난 길을 따라 개울을 건너고, 나직한 언덕을 넘고, 들길을 걷고 또 걸었다. 그처럼 힘겹게, 그야말로 힘겹게 논산훈련소에 가서 아버지를 면회했다. 가면서도 들판에서 일하는 사람을 만나면 어김없이 물었다. 이리로 가면 논산훈련소 가는 길이 맞느냐고. 얼마나 가면 되느냐고. 딱하게도 만나는 사람마다 "십 리만 가면 돼유"라고 대답하는 거였다.

길은 쉽사리 줄지 않았다. 십 리쯤 가서 다시 사람을 만나 물으면 또 십 리쯤 가면 된다고 대답했다. 가던 길에 들깨밭에서 일하는 남자 어른을 만난 기억이 있다. 그에게도 길을 물었을 것이다. 들깨가 제법 퍼렇게 자라 있었던 게 기억난다. 그런 걸로 보아 초여름이 맞지 않나 싶다.

훈련소를 찾아가는 멀고도 먼 들길 옆에는 드문드문 커다란 웅덩이가 있었다. 거기서 고약한 냄새가 풍겨왔다. 똥 냄새였다. 나중에 어머니는 말씀하시곤 했다. 그 똥 냄새를 맡았을 때 반가웠고 기쁘기까지 했노라고. 논산훈련소가 가깝다는 것을 짐작할 수 있었을뿐더러 그 똥 냄새 속에 당신 남편의 똥 냄새도 섞여 있을 것이란 생각 때문에 그랬다는 것이다.

아버지 면회는 가는 길만큼이나 어렵게 이뤄졌다. 막사 안에서 멍석을 깔고 앉은 채였다. 아버지 말고도 다른 병사 몇 사람이 더 있었던 것 같다. 준비해 간 음식을 익혀 아버지에게 드리고 우리는 잠시 마주 앉아 있었다. 어머니가 업고 있던 아기를 내려 젖을 먹였다. 아기에게 젖을 다 먹이자 아버지 뒤에 앉아 있던 병사 한 명이 어머니에게 청해왔다. 자기도 서울 집에 젖먹이 딸아이를 두고 왔는데 아기를 한번 안아봐도 되겠느냐고.

어머니는 그러라며 아기를 그 병사 손에 맡겼다. 병사는 감격스러운 표정으로 아기를 안고 위아래로 어르면서 흔들었다. 아기를 어르려고 그런 것인데, 그때 아기가 젖을 올칵 게워버렸다. 방금 어머니가 먹인 젖이 그렇게 밖으로 나와버린 것이다. 아기가 게운 젖이 병사의 옷을 온통 적시고 말았다. 어머니가 얼른 아기를 받아 안으면서 손수건을 꺼내 병사에게 건넸다. 그렇지만 그는 괜찮다고 말하며 벌떡 일어나 막사 밖으로 나갔다.

내 기억은 그렇게 끝이 난다. 그 뒤의 얘기는 아버지에게 들었다. 면회를 마치고 다시 부대로 들어가는데 내가 당신을 따라가겠다고 우는 바람에 당신도 울었지만 아들 두기를 참 잘했다는 생각을 처음 했노라고. 그것은 내 기억이 아니라 아버지 기억 속의 사실이다.

아버지 면회를 마치고 돌아온 뒤 나는 발바닥에 물집이 생겼다 터지는 바람에 오래오래 고생했다. 아이인데도 불구하고 발바닥에 티눈 하나가 박혀 그보다 더 오래 고생하기도 했다. 그건 아버지 면회가 준 선물이자 강경을 거쳐 논산훈련소에 다녀온 시련의 증거였다.

실상 나는 초등학교 교직 생활을 하며 43년을 살았지만 중학교 시절의 꿈은 강경상업고등학교에 들어가 은행원이 되는 것이었다. 왜 그랬을까? 내가 아는 도시가 강경밖에 없었고 또 내가 아는 학교가 강경상업고등학교밖에 없었기 때문이다. 그만큼 어린 시절의 경험은 놀랍도록 힘이 세고 오래 가는 모양이다.

송방

두 마을은 처음부터 달랐다. 시오리길. 6킬로미터 정도. 같은 서천군이고 이웃한 마을인데도 분위기부터가 영 달랐다. 소왕굴 들을 사이에 두고 친가와 외가. 나는 외가 마을이 더 좋았다.

친가는 식구가 많아 비좁은 집이 늘 북적거렸고 먹거리가 부족했으며 잠자리도 편안치 않았다. 반면 외가는 외할머니 혼자 사시기에 적막하기는 해도 호젓해서 좋았다. 무엇이든 좋은 것은 내 차지였다.

그러니 마음이 한사코 외가로 기우는 건 당연했다. 외가가 좋은 이유는 더 있었다. 바로 송방松房이다. 지금으로 치면 구멍가게다. 송방은 송도 상인들의 체인점이다. 개성 상인들이 물건을 보급하면서 생긴 내륙의 조그만 가게를 송방이라 불렀다.

적어도 송방은 면사무소가 있는 마을 정도가 아니면 가능하지 않았다. 다행히 외갓집 마을이 시초면 면사무소가 있는 초현리라서 거기에 송방이 두 개나 있었다. 아이들은 윗송방, 아랫송방이라 나누어 불렀다.

외가 마을에는 송방 말고도 여러 가지 큰 건물이 있었다. 제일 큰 건물은 초등학교와 면사무소였다. 그 옆에 경찰지서가 있었고 술집도 몇 곳 있었다. 어린 마음에도 나는 약간은 소란스럽고 흥성대는 그 분위기가 좋았다. 마음이 저절로 환해지는 듯한 느낌이었으니까.

한국전쟁 전후, 아이들이 손에 넣을 수 있는 돈은 1원이나 5원짜리 지전이었다. 어린아이 손바닥 크기보다 작은 붉은색 돈. 모처럼 그 돈 한 장을 손에 넣으면 얼마나 신이 났는지 모른다. 돈을 손에 움켜쥐고 윗송방이든 아랫송방이든 내달렸다.

송방에는 별것 없었다. 아이들이 먹는 사탕이나 과자, 연필이나 공책 같은 학용품 몇 가지가 고작이었다. 내가 사이다를 처음 마셔본 것이 중학교 3학년 때니까 아직 음료수 같은 건 송방에서 팔지 않았지 싶다. 다만 어른들 용품으로 담배 같은 걸 팔았다.

내가 제일 좋아한 것은 '미루꾸'라고 부르던 오늘날의 밀크 캐러멜인데, 이것은 비과(어른 손가락 한 도막 크기만 한 캐러멜) 같이 부드럽고 우유 맛이 나는 과자였다. 더러는 '오다마'라 부르던 왕사탕을 사 먹기도 했지만 가난한 외할머니가 돈을 자주 주었을 리 없다. 그야말로 그것은 가물에 콩 나듯 드문 일이었다. 아이들은 송방에 가서 군것질감을 사 먹는 걸 "까먹 는다"라고 표현했다. 나 역시 드물게나마 까먹을 수 있어서 신 이 나고 좋기만 한 아이였다.

그런 외갓집 마을에 비해 친가 마을은 적막 그 자체였다. 조 그만 들판 기슭, 산모퉁이 빈터에 옹기종기 집 몇 채가 모여 마을을 이룬 것이 이른바 막동리의 '집너머 마을' 친가였다.

그 집너머 마을에도 넉넉한 것은 있었다. 바로 아이들이었 다. 집마다 아이들이 예닐곱씩 태어나 마을의 골목과 마당이 아이들로 넘쳐났다. 놀잇감이 마땅치 않았지만 아이들은 자치 기, 못치기, 딱지치기, 구슬치기, 땅뺏기놀이 같은 것을 즐기며 시간을 보냈다.

나는 그처럼 몸놀림이 거친 놀이를 별로 좋아하지 않았고 또 그렇게 노는 데 서툴렀다. 남동생들이 그런 놀이를 하며 놀 때도 뒷전에서 물끄러미 바라보기만 했다. 그러니 마음이 더 욱더 외가 마을로 기울지 않을 수 없었다.

무엇보다 송방이 그리웠다. 적어도 송방은 어린 내게 최초의 문화 개념이었다. 송방과 무관하게 구석진 마을에 외따로 있던 친가는 문화적으로 뒤떨어진 시골 마을이었고, 외갓집은 문화 측면에서 개화한 마을이었다.

　송방은 어린 시절 내게 맑은 물이 솟는 샘물 같은 느낌을 주었다. 무언가 새롭고 좋은 것이 기다리던 장소가 송방이었다. 외갓집 마을은 그런 샘물이 두 개나 있는 마을이었고, 친가는 샘물이 하나도 없어 깜깜하고 목마르고 답답하기만 한 마을이었다.

자존감과
자존심

자존감과 자존심은 얼핏 같은 뜻으로 보인다. '자신을 높이는 마음' 정도를 그 뜻으로 이해한다. 그러나 실제 생활에서 두 단어는 그 적용이 서로 다르다. 자존심이 사회생활을 하면서 타인과 어울릴 때 자신을 높이는 마음이라면, 자존감은 혼자서 생각할 때 스스로 자신을 높이는 마음이라 하겠다.

그러니까 자존심이 다분히 상대적이고 외부적이라면 자존감은 절대적이고 내부적이다. 한국인은 대체로 자존심이 아주 높은 편이다. 특히 타인 앞에서 자신의 허술한 모습이나 부끄러운 면모를 드러내길 두려워한다. 이른바 체면 문화다.

사람에게 필요 불가결한 요소가 무엇인가 물으면 한국인은 의식주라고 대답한다. 누구나 무심코 그렇게 말한다. 그런데 이 말을 조금만 눈여겨 들여다보면 한국인의 체면 문화가 대번에 드러난다. 말로는 '먹고 입고 살고'라고 하지만 그 세 가지를 하나로 묶을 때는 '입고'에 해당하는 의衣를 제일 앞자리에 두지 않는가.

좋게 말하면 체면의식이고 나쁘게 말하면 허례의식이다. 억지로 꾸며서라도 그럴듯하게 보이고 싶어 하는 겉치레 마음이다. 그 마음은 한국인을 점잖은 사람으로 만들어주었다. '점잖다'란 사전 풀이로 "언행이나 태도가 의젓하고 신중하다"이지만 본래의 말은 '젊지+않다'이다.

젊지 않은 사람, 노인을 닮은 사람이 애당초 한국인의 이상적 인간상이었던 거다. 이런저런 삶의 내력과 현실 안에서 우리는 자존심은 높지만 자존감은 많이 부족한 사람이 되었다. 그러다 보니 남과 어울릴 때는 제법 그럴듯한 사람 같아도 혼자가 되면 여지없이 후줄근한 사람으로 전락하고 만다.

이 두 가지 마음의 간극間隙 속에서 우리의 부정적 감정이 싹튼다. 소외감, 우울감, 열등감, 심지어 열패감까지 따라붙는다. 이것은 곧장 불행감으로 직결된다. 한국인이 세계적으로 행복지수가 낮은 이유가 여기에 있다. 타인과 비교하길 좋아하고 스스로 자신을 높이는 자존감이 낮으니 이는 당연한 귀

결이다.

특히 젊은 세대의 자존감 결여는 큰 문제다. 마땅히 젊은이들은 스스로 자신을 사랑하고 믿고 내일의 소망을 품어야 한다. 이를 위해 젊은이들은 스스로 노력해야 하고 어른은 그들을 도와야 한다.

자존감은 또 하나의 목숨이다. 이것은 내 시름과 문제를 맡겨야 할 고향 같은 마음이며 상처받은 자아를 보듬어줄 부형 같은 마음이다. 자기 자신에게 좀 더 친절하자. 자신을 용서하고 사랑하고 신뢰하자. 내일은 분명 당신에게 좋은 일이 일어날 것이다. 그것을 다시 한번 믿고 기다려보자.

소년이여 조그만
꿈을 가져라

나와 비슷한 연배에 고등학교 정도 공부한 사람치고 "보이스 비 엠비셔스Boys be ambitious!"라는 문장을 모르는 사람은 많지 않을 것이다. 이는 흔히 '젊은이여 야망을 가져라' '소년이여 큰 꿈을 가져라' 정도로 번역한다.

좋은 말이다. 이것은 1876년 미국 식물학자 윌리엄 클라크가 일본 삿포로에 세운 삿포로 농학교 초대 교장으로 초빙되어 근무하다가 본국으로 돌아가면서 일본 학생들에게 남긴 말이다. 이후 많은 사람이 이 말을 그대로 배워 인용했다.

인생의 뜻을 설파한 교사치고 학생들에게 이 말을 강조하지 않거나 가르치지 않은 사람이 없을 정도다. 당연히 이 말은 인생의 금과옥조 같은 교훈으로 전승되었다. 나 또한 고등학교 시절 어느 선생님에게 배웠는지도 모르는 채 이 말에 익숙해졌다.

과연 그런가? 나는 가끔 이 말을 곰곰 생각해본다. 야망이든 큰 꿈이든 인생에서 그런 것을 갖는 것이 그렇게 중요한가? 혹시 그러한 것들로 인생을 버린 일은 없고 헛디딘 일은 없었을까? 살아온 바에 따르면 오히려 큰 꿈(야망)이란 것이 불편하고 거추장스러울 때가 있지 싶다.

내 청소년기 꿈은 아주 작았다. 그래도 그 꿈은 꽤 구체적이었다. 그런데 그 꿈을 이루는 일은 결코 쉽지 않았다. 지금도 나는 시인이 되는 꿈을 이루기 위해 날마다 고군분투하며 살고 있다.

오늘에 와 나는 젊은 세대에게 말해주고 싶다. 큰 꿈을 가지고 그 꿈을 이루려고 허우적거리지 말고, 조그만 꿈을 가지고 그 꿈을 분명히 이루기 위해 최선을 다하라고. 일생을 바쳐 그 꿈을 이뤄내라고. 그것이 그대들의 진정한 성공이고 행복에 이르는 첩경이다.

소년이여 큰 꿈을 가져라. 이것은 분명 옛날식 충고요 허황한 교훈이다. 그 대신 나는 말해주고 싶다. 소년이여 조그만 꿈을 가져라. 꿈을 가지되 실현 가능성이 분명하고 목표가 확

실한 꿈을 가져라. 끝내 그 꿈을 이뤄라. 이것은 결코 허언이
아니다. 내 인생을 걸고 하는 말이다.

그대에게
별이 있는가

"인생의 비극은/ 목표에 도달하지 못한 것이 아니라/ 도달하려는 목표가 없는 데 있습니다.// 꿈을 실현하지 못한 채/ 죽는 것이 불행이 아니라/ 꿈을 갖지 않는 것이 불행입니다.// 새로운 생각을 하지 못한 것이 불행이 아니라/ 새로운 생각을 해보려고 하지 않을 때/ 이것이 불행입니다.// 하늘에 있는 별에 이르지 못하는 것이/ 부끄러운 일이 아니라/ 도달해야 할 별이 없는 것이/ 부끄러운 일입니다.// 결코 실패는 죄가 아니며/ 바로 목표가 없는 것이 죄악입니다."

이것은 내가 교직 생활을 하던 시절, 어딘가에서 보고 노트에

베껴 가끔 읽던 글이다. 본래 인도의 델리 사원 벽에 작자 이름도 없이 영문으로 적혀 있는 글이라고 한다. 영락없는 낙서인데 그걸 데려와 우리말로 번역한 것이고 또 그걸 내가 데리고 다닌 게다.

무명 시인의 글이지만 큰 감동과 교훈을 준다. 인생이 무엇인지, 희망이 무엇인지, 꿈이 무엇인지 조곤조곤 가르쳐준다. 학교 선생만 선생이 아니다. 마음 밝은 사람은 이런 글로도 인생의 진면목을 충분히 깨닫고 그걸 자기 것으로 만든다.

여기서 내가 시를 말하고자 하는 건 아니다. 인생을 말하고 소망을 말하고 싶다. 대뜸 누군가에게 묻고 싶다. 그대에게는 별이 있는가? 아니다. 오히려 내게 묻고 싶다. 과연 내게는 별이 있는가? 별이란 소망을 말한다. 달리 말하면 꿈이나 비전이고 되풀이하면 희망이다.

사람이 사람인 것은 오늘에만 목을 매달고 사는 게 아니라, 내일도 살고 내일의 꿈과 희망을 가슴에 품고 살기 때문이다. 그래서 더욱 사람이다. 정말 그렇다. 어찌 우리가 내일의 꿈 없이 희망 없이 순간순간 그 고달픔을 버텨낼 수 있겠는가!

별. 밤하늘에 뜬 별을 말한다. 바라보면 아스라하고 찬란한 별. 어찌 보면 눈물을 머금고 있는 것 같은 별. 하지만 별은 실상이 아니다. 우리가 지금 바라보며 아름답다 찬탄하는 별은 아주 멀리에 있는 천체, 우주에 존재하는 물체가 발하는 빛일 뿐이다. 그것도 아주 멀리서부터 오기에 현재가 아니라 과거의 어느 시각에 이미 있던 빛이다. 죽은 빛이다. 그걸 우리는 오늘의 빛으로 착각한다.

그렇다고 별을 없는 것, 죽은 것으로 단정하긴 어렵다. 바로 그것이다. 있기는 하되 분명히 있다고 말하기도 어렵고, 없다고 단정하기도 어려운 별. 별은 우리 인생과 많이 닮았고 우리의 소망이나 꿈과도 많이 닮았다.

흔히 사는 일이 벅차고 힘들면 희망을 포기하기 쉽다. 그것을 우리는 절망이라 말한다. 지금도 절망에 허덕이는 누군가가 있다면 그에게 말하고 싶다. 과연 그대에겐 별이 있는가? 당장 눈에 보이지 않는 것이라 해서 없는 것으로 여기지는 않는가?

일생을 살면서 별을 꿈꾸고 가슴에 품는 시기는 청소년기다. 성공한 이는 청소년기의 꿈을 변함없이 가슴에 지니고 살면서 노년기에 그 꿈의 일단을 성취한 사람이다. 여기서 다시금 묻고 싶다. 가슴속 별을 잃었는가? 그렇다면 그대의 청소년기로 돌아가라. 그 시절에 품었던 별을 다시금 가슴에 품어라.

가슴에 별을 간직한 사람과 그렇지 않은 사람의 삶은 달라도 많이 다르다. 별을 간직하면 오늘을 참고 인내하며 내일을 향해 까치발을 딛는다. 기다리는 데까지 충분히 기다린다. 마음의 축을 오늘보다 내일에 둔다. 인도의 성자 간디의 조언으로 힘을 얻는다.

"내일 죽을 것처럼 살고, 영원히 살 것처럼 배워라."

희망 없이는
못 산다

오늘날 우리는 먹기 위해서 사는 게 아니라 살기 위해서 먹는다. 그만큼 삶의 여건이 좋아졌다. 그런데, 그런데 말이다. 마음이 많이 힘들어졌다. 황폐해졌다. 몸이 아니라 마음에 병이 생겼다. 우울하고 따분하고 지루하고 불안하고, 그러다가 심지어 절망감에 빠지기까지 한다. 도대체 이게 어찌 된 노릇이란 말인가! 먹고사는 일만 해결하면 그만일 줄 알았는데 산 넘어 산인 격이다.

우리가 코로나19 기간에 경험한 것도 정서적 요인이 인간의 삶에 얼마나 큰 영향을 주는가였다. 만남이 줄고 격리되고 홀로 남자 우리는 외로움과 불안과 우울을 감당하지 못해 힘들어했다. 이것만 봐도 인간이 얼마나 정서적이고 내면적이고 섬세한 생명체인지 알 수 있다.

특히 인간은 내일의 희망 없이는 한순간도 살 수 없다. 희망은 정신의 에너지원이다. 희망이란 미래를 향한 그리움과 기다림과 사랑을 말한다. 가령 아프리카의 어떤 부족은 그들을 교도소에 가두고 일주일 뒤에 풀어준다고 말하면 교도소에서 그대로 죽고 만다고 한다. 그들에겐 내일이라는 시간 개념이 없기 때문이란다.

그만큼 내일을 믿고 기다리는 것은 매우 중요하다. 이는 삶을 지탱하게 해주는 막강한 힘을 발휘한다. 잔악한 나치의 아우슈비츠 수용소 안에서 끝까지 희망의 끈을 놓지 않은 사람은 살아남아 다시 햇빛을 보았다고 한다. 특히 마음속으로 그리워하고 보고 싶어 한 사람이 살아갈 힘을 주었다 한다.

정말 그렇다. 그립고 보고 싶은 사람이 있다는 건 중요하고도 중요한 일이다. 그야말로 그것은 구체적 삶의 희망이다. 우리 마음속에 그리운 사람, 보고 싶은 사람을 갖자. 희망 없이는 하루도 살 수 없는 것이 우리네 인간이다. 아니다. 사랑하는 사람이 없으면 한순간도 견딜 수 없는 것이 인생살이다.

2부

이·연·을

좋아하기 때문에

사람은 혼자서 살 수 없다. 외로워서 살 수 없다. 친구와 이웃이 있어야 하고 가족이 필요하다. 삶은 사람과 사람의 관계 맺음에서 출발한다. 만남 자체가 인생이다.

등걸 없는 나무가
어디 있느냐

1960년 1월, 나는 공주사범학교 입시생이었다. 사범학교는
지금은 없어진 고등학교다. 이 학교를 졸업하면 초등학교 교
사가 될 수 있었다. 말하자면 인문학교에 대칭하는 일종의 실
업학교였다.

내 아버지는 당신이 일제강점기 초등학교 교사가 되려다 끝
내 이루지 못한 소원을 큰 자식인 내게서 이뤄보고자 하셨다.
그래서 나와 함께 공주에 와서 내 입학시험을 뒷바라지하셨
다. 입학시험 절차가 복잡한 탓에 우리는 공주 시내에 하숙집
을 구해 3박 4일을 지냈다.

입이 짧아 내가 밥을 잘 먹지 않자 아버지는 나를 위해 꽁치 통조림을 사서 끼니때마다 나만 먹게 했다. 생각할수록 눈물 나게 감사하다. 드디어 마지막 관문인 면접시험 시간이 왔다. 내 차례가 늦어져 벌써 초저녁 무렵이었고 창밖에 어둠이 내려앉았다.

나는 교장 선생님 앞에 불려 가 일대일 면접을 치렀다. 그런데 교장 선생님 물음에 열심히 답하고 있을 때 왼쪽 볼에 미세한 감각이 느껴졌다. 잔뜩 긴장한 그 순간에도 나는 얼핏 고개를 돌려 창밖을 보았다. 아, 거기 유리창에 아버지의 얼굴이 바짝 붙어 있는 게 아닌가!

창밖은 완전히 혹한의 날씨였다. 그때 아버지는 여름 양복 차림이셨다. 그것도 당신 것이 아니라 막내 삼촌 것을 빌려 입은 것이었다. 내복이라도 제대로 입기나 하셨을까. 아들의 마지막 시험을 보려고, 아버지는 벌벌 떨면서 이를 악물고 거기서 계셨다.

나는 그런 아버지가 몹시 부끄러웠다. 다른 아이들, 특히 내가 좋아한 여학생의 아버지는 당시 제일 유명했던 골덴텍스 겨울 양복을 입고 있었다. 한데 우리 아버지는 여름 양복을, 그것도 삼촌 것을 빌려 입었다는 사실이 부끄럽기만 했다.

아버지의 소원은 무엇이었을까? 당장 춥지 않고 배고프지 않은 것이 아니었을까. 그렇다. 아버지는 춥지 않고 배고프지 않기 위해 평생 노력하며 살았다. 그에 비해 내 일생은 부끄럽지 않기 위해 산 나날이라 할 수 있다.

'춥지 않고 배고프지 않기'와 '부끄럽지 않기'는 서로 다른 것 같지만 실은 그 뿌리가 하나다. 물론 춥지 않고 배고프지 않기가 더 근본적인 삶의 뿌리긴 하다. 한사코 춥지 않고 배고프지 않기를 소망하며 살았던 아버지가 계셨기에 이나마 아들 세대가 부끄럽지 않게 살 수 있었던 것이다.

그렇다면 자식 세대는 아버지 세대에게 많은 빚을 지고 있는 셈이다. 오래도록 고맙게 여겨야 할 일이다. 그건 정말 그렇다. 그러한 아버지 세대가 있었으니 자식 세대도 있는 것이다. 문득 생전에 할머니가 자주 하던 말씀이 떠오른다.

"등걸(줄기를 잘라낸 나무의 밑동) 없는 나무가 어디 있느냐!"

쇠고기
두 근

요 며칠 기분이 엉망이다. 종잇장처럼 구겨진 마음이 영 펴지질 않는다. 내내 듣던 평범한 음악에도 울컥하고, 여린 바람에도 혼자 눈물겹고 서러워 며칠째 흥얼흥얼 콧노래 부르는 듯 웅얼거리고 있다.

사람 사는 일이 영 부질없게 느껴져 헛헛하다. 그 가운데서도 한 선배님 근황을 듣고 당혹스러웠다. 고등학교 4년 선배님이다. 한 시절을 같은 학교에서 근무한 직장 동료이기도 하다. 인품이 좋아 내 편에서 따랐고 여러 가지를 묻고 배운 선배님이다.

내가 초등학교 교장으로 발령받은 1999년 9월. 그 이전까지 나는 교감으로 일하며 설날과 추석이 되면 나보다 윗분인 교장 선생님에게 고기를 사다 드렸다. 쇠고기 두 근. 그것이 예의인 것 같아서 그랬다.

그런데 정작 내가 교장이 되니 명절이 와도 고기를 사다 드릴 어른이 없어서 섭섭했다. 생각 끝에 고등학교 시절 은사님 한 분과 같은 학교에서 근무한 그 선배님에게 고기를 사다 드리기로 했다. 내가 교감일 때 교장 선생님에게 한 것처럼 쇠고기 두 근.

그렇게 명절 선물로 쇠고기 두 근을 사다 드린 지 스무 해가 넘었다. 고등학교 은사님은 세상을 뜨셨지만, 사모님이 생존해 계시므로 은사님을 뵙는 심정으로 계속 사모님께 쇠고기 두 근을 거르지 않고 사다 드렸다.

문제는 선배님이었다. 사모님이 암에 걸려 투병 중이라는 말을 들었는데 이제 항암 치료도 불가능해 호스피스 병원에 입원해야 한다는 것이었다. 선배님마저 약한 치매에다 녹내장이 심해 실명 상태였다. 엎친 데 덮친 격이다.

이를 어쩌나? 소식을 들은 나까지 막막한 심정이었다. 나도 심하게 아파봐서 안다. 아프면 그 사람만 갑갑하고 힘든 법이다. 누구도 도와줄 길이 없고 대신 앓아줄 수 없다. 이건 가족이라도 마찬가지다. 아픈 당사자가 가장 애가 타고 서러울 뿐이다.

명절날 쇠고기 두 근을 끊어 자전거에 얹고 아파트로 찾아가 선배님에게 전해드릴 때의 그 기쁘고 가뿐하던 마음이 나는 좋았다. 그러고 보면 꼭 선배님만을 위해 고기를 사다 드린 건 아니다. 내 마음의 기쁨을 위해서도 고기를 사다 드린 것이다.

오래전 내가 6개월 동안 병원에 입원한 해에도 거르지 않고 했던 일이다. 아, 올해도 내가 명절을 맞아 내가 좋아하는 선배님에게 고기를 사다 드렸구나. 그 마음을 가슴에 안고 무던히도 가슴 뿌듯해하던 기억이 생생하다.

이제는 어쩔 수 없이 그 일을 하지 못하니 이를 어쩌면 좋단 말인가! 선배님과 사모님은 서울에 있는 큰아들네 집에서 설날 명절을 보낸다 했다. 다행히 선배님 내외분이 명절을 보내고 공주의 집에 잠시 내려와 계신다 해서 찾아뵈었다.

아, 그들은 내가 옛날에 만나던 그분들이 아니었다. 완전히 병색 짙은 노인이었다. 사모님은 식사를 전혀 하지 못해 무척 안쓰러운 모습이었다. 그분들 앞에서 한숨이 절로 나오는 걸 애써 참아야 했다.

명절을 보내고 일주일쯤 지나면 언제고 선배님이 내게 전화를 했다.

"나 선생, 우리 만나서 식사라도 같이합시다."

몇 번을 괜찮다고 사양한 끝에 나는 아내를 대동하여 선배님 내외분과 단골식당에서 점심 식사를 했다.

　이젠 그 평범한 일상조차 함께하기가 어려워졌다. 쇠고기 두 근을 들고 선배님 아파트 문 앞에서 초인종을 누르던 때가 못내 그립다. 그 시절이 우리에겐 화양연화花樣年華였다. 내 생애 가장 아름답고 좋았던 날들. 아, 탄식이 절로 나온다. 인생이란 이래저래 서럽고 아득하고 막막하구나!

궁둥이

이어령 선생을 뵈었을 때였다. 사모님이 관장이 되어 운영하는 평창동 영인문학관. 마침 가까운 곳에 전시회가 열려 지나는 길에 좀 뵙자 떼를 써서 뵌 것이다. 몸이 불편하여 도통 외출을 삼가는 중이시라고 했다. 아닌 게 아니라 김남조 선생이 미리 전화를 주시고 함께 들리겠노라 말을 전해서 어렵사리 이루어진 자리였다.

놀랍게도 이어령 선생은 새하얀 한복 차림의 정갈한 모습으로 만나는 자리에 나왔다. 얼굴이 초췌하고 몸집이 짐작한 것보다 조그마했지만 당당한 모습은 여전했다. 만나자마자 서슴없이 좋은 이야기를 많이 들려주셨다. 기억에 남는 이야기가 많다. 인생 말년을 저렇게 보낼 수도 있구나, 큰 교훈을 얻었다.

난생처음 만난 이어령 선생. 1960년대 소년 시절부터 만나고 싶던 분인데 만남이 너무 늦었다. 내가 읽은 선생의 초기 책은 《흙 속에 저 바람 속에》와 《하나의 나뭇잎이 흔들릴 때》였고 이후 《바람이 불어오는 곳》을 보았다. 문장의 품새가 달랐다. 신선하고 날렵했다.

그로부터 얼마 만인가. 60년 넘는 세월을 그렇게 멀리서만 생각하고 그리던 분이었다. 도무지 인연의 고리가 닿지 않았다. 그 무엇으로도 연결되는 것이 없었다. 그토록 오랜 세월, 이름으로만 책으로만 알고 지내던 분을 단박에 만난 것이 경이로웠다.

그날 선생이 들려준 이야기 가운데 가장 인상 깊었던 것은 '궁둥이' 이야기다. 실내에 칩거하며 한자리에만 줄곧 앉아 있다 보니 방석의 앉은 자리가 안으로 움푹 패었다 한다. 궁둥이 자국이 난 것인데 그걸 또 신문 기자들이 와서 신기하게 여겨 사진까지 찍어 갔노라 했다.

그만큼 요지부동 자기 자리를 지켰다는 얘긴데 나로서는 언뜻 들어 넘기기 어려운 이야기였다. 얼마나 움직이지 않고 한자리에 앉아 있었으면 방석의 앉은 자리가 안으로 움푹 패었을까! 그 고독과 침잠. 거기에 따르는 어둠과 막막함과 고요

함. 그러면서 당신 자신을 설득하고 싶었을 것이다. 나는 선생의 방석을 생각하며 한동안 멍하니 앉아 있었다.

집에 돌아와 유튜브를 뒤적이던 중, 황석영 작가의 인터뷰 영상을 보았다. 주제는 '소설은 어떻게 쓰는가.' 황석영 작가는 일갈로 답했다. "소설은 왼쪽에서 오른쪽으로 쓰는 것이다." 그러고는 또 말했다 "소설은 궁둥이로 쓰는 것이다." 아, 궁둥이다.

그렇다. 궁둥이가 중요하다. 궁둥이가 진득해야 한다. 지금 우리는 궁둥이가 너무 가볍지 않은가. 황석영 작가의 말을 다시 한번 음미해본다.

"문학은 옛날이나 지금이나 똑같다. 발전이 없다. 미숙하고 어렵고 헤매는 건 누구나 마찬가지다."

위로를 주는 교훈이다.

박목월
선생

　사람은 살아가면서 이런저런 일을 계기로 특별한 인연을 맺는다. 그 인연의 고리가 인생이고 그것의 진행이 인생인지 모른다. 내게도 왜 그런 인연이 없을까. 평생 글 쓰는 일에 열중하며 살았으니 그쪽에 중요한 인연을 나눈 사람이 있었으리라.

　수없이 많은 문인을 만났지만 내게 그런 분은 시인 박목월 선생이다. 그는 한 시절 시단의 아버지로 불린 분이다. 글에서 여러 차례 썼지만 내가 박목월 선생의 시를 처음 읽은 것은 중학교 2학년 겨울이다. 그러니까 1958년 겨울, 열세 살 때의 일이다. 몹시도 춥던 그 겨울, 서천 읍내에 있는 적산가옥으로 다다미 깔린 집 윗방에서였다.

나와 함께 하숙한 동급생 아이가 자기 집에 있는 책에서 베 꼈다며 읽어준 시가 참 좋았다. 《청록집》에 실린 박목월 선생 의 시 〈산이 날 에워싸고〉. 가슴이 콱 메었다. 세상에 이런 글 이 다 있을까 싶었다. 이 시를 읽을 때마다 가슴이 뛰놀고 눈 물이 핑 돈다.

"산이 날 에워싸고/ 씨나 뿌리며 살아라 한다./ 밭이나 갈며 살아라 한다.// 어느 짧은 산자락에 집을 모아/ 아들 낳고 딸 을 낳고/ 흙담 안팎에 호박 심고/ 들찔레처럼 살아라 한다./ 쑥대밭처럼 살아라 한다.// 산이 날 에워싸고/ 그믐달처럼 사 위어지는 목숨/ 그믐달처럼 살아라 한다./ 그믐달처럼 살아라 한다."(〈산이 날 에워싸고〉 전문, 《청록집》, 박목월·조지훈·박두진, 을 유문화사, 2006)

사람의 일은 참 묘하다. 시 한 편을 읽고 시인이 되기를 결 심하다니! 그때 나는 곧장 시인이 되겠다고 구체적으로 생각 을 굳히지는 않았지만 이렇게 좋은 세계, 아름다운 말의 세상 이 있다는 걸 알았다. 그 세상에 들어가고 싶은 욕망을 품었 다. 일종의 꿈이다.

정작 내가 《청록집》을 읽고 베낀 건 2년 뒤 고등학교 1학년 때다. 내가 다니던 학교에는 그런 책이 없어 같은 집에 하숙하 며 공주사범대학교에 다니는 선배에게 대학 도서관에 있는 책을 대출해달라고 부탁해서 그렇게 한 것이다.

그 뒤로 나는 박목월 선생의 제자가 되었다. 그는 내게 마냥 좋고 닮고 싶은 마음의 스승이었다. 이것은 실로 누구도 말리거나 어찌할 수 없는 일. 그 마음 그대로 시에 이끌린 나는 그분의 책《보랏빛 소묘》와 신간 시집《난·기타》를 비롯해 산문집들을 읽었다. 이제는 누구한테로도 옮겨갈 수 없을 만큼 마음이 야무지게 굳었다.

많은 세월과 우여곡절 끝에 내가 그분을 실제로 만난 것은 1971년《서울신문》신춘문예에 내 시가 당선되고 나서였다. 나는 신춘문예 당선자였고 그분은 심사위원 신분이었다. 살아서 꼭 한번 만나야지 했던 소원이 이뤄진 것이다.

시상식을 마치고 '원효로4가 5번지' 선생 댁으로 인사하러 갔을 때 선생이 내게 말했다.

"나 군, 나 군은 서울 같은 곳엔 올라오지 말고 시골에만 눌러살면서 시를 계속해서 쓰게."

지금껏 문단 생활을 하면서 나를 '나 군'이라고 부른 분은 박목월 선생이 처음이자 마지막이다. 그런데 왜 선생은 갓 등단한 어린 시인에게 그런 말을 하셨을까? 나는 오래도록 그 이유를 알지 못했다.

나이 들고 보니 어쩌면 그건 당신 이야기를 거꾸로 내게 한 것일지도 모른다는 생각이 들었다.

'내 경험인데 말이다. 시골에 살면서 시를 쓸 때가 좋았다. 서울로 옮겨와 살면서 시 쓰기가 힘들었고 시도 변하고 그랬다. 그러니 너는 그렇게 하지 않는 게 좋겠다.'

대강 이런 뜻이 아니었을까. 그러고 보면 늙는다는 것은 한편으로는 좋은 일이다. 누구든 그 나이가 되어서야 그 나이 때 사람의 생각을 제대로 알 수 있으니 말이다. 그렇게 박목월 선생은 시인으로 걸어갈 내 앞날을 밝혀준 등대 같은 분이다.

박목월 선생은 내 결혼식 주례를 맡아주셨다. 1973년 10월 21일 열두 시, 나는 아내 김성예와 장항의 미라미예식장에서 결혼식을 올렸다. 그때 선생은 바쁜 서울살이 일정을 접고 그 전날 속리산 법주사에서 1박한 뒤 버스 편으로 군산까지 오셨다. 거기서 다시 배를 타고 장항으로 와 주례를 서주셨다.

그런데도 나는 선생에게 변변한 인사나 사례도 하지 못했다. 그만큼 주변머리도 없었고 가난했다. 결혼식장엔 고맙게도 서울서 박재삼 시인이 오고 대전에서 박용래 시인이 왔다. 여기에다 고등학교 시절의 은사 윤야중 선생까지 참석해 풍성하게 치러졌다.

결혼식을 마치고 아버지는 택시 여러 대를 동원하여 막동리 집에 피로연이랍시고 자리를 만드셨다. 내가 사용하던 사랑방에 식사 자리를 마련했는데 선생은 식사를 별로 하지 않고 두

부 부침 몇 쪽만 드셨다. 돌아가는 길에도 서천 읍내까지는 택시로 모셨지만, 그다음은 모른 척 눈 감았으니 오늘에 와 송구하고 죄송하기 그지없다.

더구나 사례로 참깨 두 말인가를 구해서 드렸는데 그 무거운 걸 들고 서울까지 가시게 했으니 이 또한 지금도 얼굴이 붉어지는 일이다. 그렇게 나는 세상 물정 몰랐고 우리 아버지 역시 가난하고 가난한 시골 사람이었을 뿐이다.

나는 선생에게 은혜를 입었다. 이제 내 나이는 박목월 선생이 살다 간 나이를 넘어섰다. 선생은 예순세 살에 돌아가셨다. 그렇지만 나는 아직도 박목월 선생을 내 마음의 아버지로 여기며 살고 있다. 시를 쓰면서 내 기준은 '박목월 선생처럼'이다.

그 박목월 선생과 나 사이에 특별한 한 가지 사건이 있다. 1973년 1월의 일이다. 그 시절에는 문단의 선거가 전국적으로 큰바람을 일으켰다. 한국문인협회 이사장 선거에 조연현 평론가와 김동리 소설가가 맞붙었다. 나는 조연현 선생과는 만난 적이 있지만 김동리 선생과는 일면식도 없었다. 자연스레 조연현 후보에게 표를 찍었다.

문제는 박목월 선생과 김동리 선생과의 관계에 있었다. 두 분은 고향 경주의 선후배 사이로 평생 가깝게 지냈다. 당연히 박목월 선생의 마음은 김동리 선생 편으로 기울었을 것이다.

그러나 박목월 선생은 문단 선거 같은 일에 초연했다. 나 같은 후배에게 그런 뜻을 내비칠 법도 하건만 전혀 그러지 않았다.

선거 결과는 조연현 선생의 승리로 끝났고 나는 조연현 선생이 베푸는 저녁 식사 자리에까지 참석했다가 여관으로 갈 참이었다. 그런데 동석한 대전의 최원규 시인이 기왕 서울에 온 김에 박목월 선생을 찾아뵙자고 제안했다. 아무래도 마음이 내키지 않았으나 선배 시인이 그러자 하니 마지못해 따라서 박목월 선생 댁을 방문했다.

익히 아는 그 원효로4가 5번지. 큰길에서 90도로 꺾어서 들어가는 골목길 끄트머리에 있는 집. 선생 댁에는 이미 선착객들이 있었다. 대전의 박용래 시인과 임강빈 시인. 두 분은 이미 술에 취해 있었다. 뒤이어 찾아온 우리를 보며 박용래 시인이 비아냥거렸다.

"나태주, 너 입고 있는 조끼 그게 뭐냐. 보랏빛, 촌스럽게."

평소 온유하기만 하던 임강빈 시인도 말을 보탰다.

"나 선생, 대전에서도 못 보겠더니 서울에 오니 보네."

차마 최원규 시인에게는 하지 못하고 내게만 집중해서 비난을 퍼부었다. 이를 보다 못해 박목월 선생이 나섰다.

"왜들 그러나? 마치 육군 상사가 병사에게 하듯 하네그려."

그런 뒤 선생은 내게 말했다.

"나 군, 나 좀 따라오게."

선생은 나를 당신 침대가 있는 방으로 데리고 갔다. 그 방은 문간방으로 거기엔 스팀 난방기가 있었다. 내가 신춘문예 시상식 뒤에 찾아갔을 때도 나를 데리고 들어가 양주 한 잔을 따라주시던 방이다.

방에 들어서자마자 선생은 대뜸 내게 물었다.

"나 군, 지금 어디서 오는 길인가?"

짧지만 단호한 어조였다. 어떻게 하나? 정신이 핑 돌았다. 거짓말을 할까? 참말을 할까? 짧은 시간이었지만 아주 많은 시간이 흐른 듯했다. 나는 거짓말을 할 수가 없었다. 사실대로 말하리라. 내가 그토록 어려서부터 좋아하고 사모한 선생에게 거짓말을 하면 안 되지.

"네, 선생님. 문협 선거 마치고 조연현 선생 저녁 자리에 갔다가 오는 길입니다."

내 말을 듣고 선생은 한동안 말이 없었다. 두렵고 힘들었지만 어쩔 수 없었다. 긴 시간이 흐른 듯한 느낌이었다. 드디어 선생이 말하셨다.

"나가지."

그게 다였다. 이제 어디 갔다 왔는지 내용을 알았으니 밖으로 나가자는 것이었다. 나는 어리둥절한 마음으로 선생의 뒤를 따랐다.

그날의 해프닝은 그것으로 일단락되었다. 나중에 그것은 박목월 선생이나 내게 엄청난 사건으로 남는다. 박목월 선생의 한양대학교 제자인 권달웅 시인에게 듣자 하니 박목월 선생이 평소에 싫어하는 것 두 가지가 있단다. 하나는 거짓말이고 다른 하나는 당신의 대표작을 〈나그네〉라고 말하는 것이란다.

이 얘기 들은 것이 그다지 오래전의 일이 아닌데 아, 그것이 그랬구나 싶은 깨달음이 온다. 그날 밤 내가 선생에게 거짓말을 했다면 어찌 되었을까? 분명 크게 화를 내며 나무라셨을 것이다. 내가 곧이곧대로 말하니 침묵을 지키다가 "나가지" 하고 짧게 한마디 하셨으리라. 돌아보면 이것은 내게 아찔한 사건이기도 하다.

내가 거짓말을 했다면 적어도 내게 두 가지 일은 일어나지 않았을 터다. 첫 시집 서문을 써주신 일과 결혼식 주례를 서주신 일. 이것 역시 나이 들면서 깨달은 일이다. 그날 밤 나는 선생의 시험에 어렵게 통과한 셈이다. 그렇다. 내가 진정 좋아하고 사랑한 선생인데 그분께 거짓말을 하면 되겠나! 오늘에 와서도 그 일은 잘했다 싶다.

명주가
찾아온 날

오랜만에 초등학교 교사 시절 제자들이 찾아왔다. 1979년, 서른네 살 되던 그해 나는 초등학교에서 4학년 담임을 맡았다. 명주와 은희. 명주는 우리 반 아이였고 은희는 옆 반 아이였다. 그때는 열 살로 어여쁜 아이들이었는데 이제는 그들도 쉰 살을 훌쩍 넘긴 중년이 되었다.

명주는 남다른 아이였다. 명주는 대학교수의 맏딸이었는데 몸집이 조그마하고 예쁘장한 얼굴에 말씨며 행동이 야무졌을 뿐더러 공부도 잘하고 무엇 하나 나무랄 데가 없었다. 일테면 완벽한 아이라고나 할까. 피아노를 잘 쳐서 합창부 반주를 도

맡았고 글짓기도 곧잘 해서 내게 호감을 주기도 했다.

4학년을 마치고 상급 학년으로 올라갔을 때도 명주는 여전히 내 마음 한구석에서 숨 쉬는 아이로 남아 있었다. 명주가 초등학교를 졸업하던 날 나는 일부러 명주를 찾아가 함께 사진을 찍었다. 공주 시내에서 교복 입은 모습을 봤을 때는 그 모습이 얼마나 사랑스럽던지, 내가 사진으로 남기기도 했다. 그때 명주와 함께 만나 사진 찍은 아이가 바로 은희다.

명주를 생각하면 명주 부모의 기억도 아련하고 곱게 떠오른다. 말수가 적던 명주 아버지는 담백하고 내성적인 분으로 타인을 배려하는 마음이 출중했다. 명주 어머니는 조신하고 정숙한 분이었다. 두 분은 모두 딸의 선생인 나를 진정 좋아해주셨다.

당시는 학부모들이 선생에게 촌지를 전하던 시절이다. 어떤 학부모는 아이들 보는 데서 돈봉투를 내밀어 나를 곤혹스럽게 만들었지만, 명주 어머니는 한 번도 그런 일이 없었다. 일이 있어 학교를 방문해도 조용히 돌아갔고 성의 표시를 할 때는 내가 면구스럽지 않게 전했다.

그 방법이 영 달랐다. 명주 어머니는 1년에 한두 차례 학교를 방문했는데 교실을 다녀간 뒤, 퇴근하려고 교실 뒤편에 있는 내 책상을 정리하다 보면 거기에 그녀가 다녀간 흔적이 조용히 기다리고 있었다. 명주 어머니는 내가 자주 쓰는 물건인

필통이나 국어사전이나 운동모자 아래에 새하얀 봉투를 놓고
가곤 했다.

피곤한 손길로 책상을 정리하다가 발견한 새하얀 봉투는 그
냥 그대로 돈봉투가 아니었다. 누군가의 새하얀 마음 그대로
였다. 얼마나 눈물겹도록 감사하던지! 오늘에 와 왜 교사가 학
부모에게 돈봉투를 받았느냐, 나무라도 어쩔 수 없는 노릇이
지만 당시는 그랬다.

오래 머물지 못하고 자리를 뜨는 아이들에게 인사를 했다.

"다음에 또 만나자. 그런데 얘들아, 이제는 자랄 만큼 자랐
으니 천천히 자라거라."

아이들은 내 말의 뜻을 알아듣고 까르르 웃었다. 그들은 여
전히 내 앞에서 초등학교 4학년 아이였다.

변하면서
변하지 않는 집

내가 자주 다니는 찻집 가운데 '루치아의 뜰'이란 곳이 있다. 이 집 주인이 천주교 신자인데 세례명이 루치아라서 그런 이름이 붙었다. 본래 이 집은 공주의 도심 한가운데에 버려진 한 한옥이었다. 오래전에 노부부가 살다가 세상을 떠난 후 헐릴 위기에 처했던 집이다.

아담한 그 집은 사실 뜰이 비좁다. 루치아 부부는 그런 그 집을 사들여 고친 뒤 찻집을 냈다. 이른바 한옥 카페다. 처음엔 손님이 별로 없었다. 집주인이 취미 삼아 낸 찻집이니 어쩌면 당연한 일인지도 모른다. 루치아 여사의 남편이 대학교수였는데 아내에게 소일거리 삼아 해보라며 내준 찻집이라고 들었다.

시간이 지나면서 상황은 많이 달라졌다. 손님이 찾아오기 시작한 것이다. 동네 손님보다 오히려 먼 곳 손님이 더 찾아왔다. 입소문이란 게 무서운 법이다. 한 번 무심히 찾아온 사람들이 차의 맛이 특별하고 주인의 응대가 살갑고 주변 분위기가 그윽한 것을 좋게 보아 인터넷에 알리면서부터다.

그 뒤로 학교를 조기퇴직하고 아내를 돕던 루치아의 남편도 생각이 달라져 본래 있던 카페 옆집에 또 다른 빈집을 사서 고쳤다. 그런 다음 그 집에 '초코루체'라는 이름으로 찻집을 하나 더 냈다. 그 집에서 그는 아침부터 초콜릿을 손수 만들어 드나드는 손님들에게 맛보이고 있다.

외지에서 반가운 손님이 오거나 이유 없이 기분이 찌뿌둥한 날이면 나는 그 두 집을 찾아간다. 루치아의 뜰에는 언제나 변하지 않는 그 무엇이 있다. 사람의 마음을 무한히 편안하게 하고 쓰다듬어주는 그 무엇이 있다. 그야말로 분위기의 힘이다. 마음이 턱 놓인다. 비로소 내가 살아 숨 쉬는 사람이란 것을 십분 실감한다.

사람들이 그 집에서 그렇게 좋은 느낌을 받기까지 주인 내외는 친절과 배려와 따스한 마음을 끝없이 전했다. 결코 쉬운 일이 아니다. 그러나 그들은 그것을 실천했고 여전히 실천하고 있다. 우선 차 맛이 좋고 그 집에 머무는 동안 사람들은 자기가 누군가에게 섬김과 충분한 대접을 받고 있음을 느낀다. 그래서 사람들은 그 집을 찾는다. 나 또한 그 집을 즐겨 찾는다.

그 집을 오랫동안 드나들면서 알게 된 사실이 있다. 그 집은 언제나 변하지 않는 집이 아니다. 오히려 항상 변하고 있는 집이다. 사계절 따라 주변의 자연 모습이 변하고, 주인이 내오는 찻잔이 바뀌고, 드나드는 손님이 새롭고, 무엇보다 내가 달라진다.

루치아의 뜰은 전혀 신식 구조가 아니다. 그냥 방바닥에 앉아서 차를 마시는 집이다. 군데군데 찻상을 펼치고 앉아 제멋대로 이야기를 나눈다. 그런데도 옆자리에 앉은 사람들의 이야기 소리가 이쪽의 담화를 전혀 방해하지 않는다. 그건 참 묘한 일이다. 오로지 루치아의 뜰에서만 가능한 일이다.

옆 사람들의 이야기 소리가 오히려 하나의 막이나 커튼처럼 이쪽저쪽 이야기를 적당히 막아주고 보호해준다. 자분자분 어울려 나누는 이야기가 이 집의 고즈넉한 분위기를 더욱 그렇게 만들어준다. 이건 참 더욱 묘한 일이다. 나는 번번이 루치아 여사의 배웅을 받으며 그 집 문을 나서면서 매직 세계에 들어갔다가 나오는 느낌을 받는다.

"오래 묵은 시간이/ 먼저 와서 기다리는 집// 백 년쯤 뒤에/ 다시 찾아와도 반갑게/ 맞아줄 것 같은 집// 세상 사람들/ 너

무 알까 겁난다."(〈루치아의 뜰〉 전문,《꽃 장엄》, 천년의시작, 2016)

　내가 쓴 〈루치아의 뜰〉이란 시. 루치아의 뜰은 변하면서도 변하지 않는 집이다. 무엇보다 차 맛이 변하지 않는다. 주인의 한결같은 마음도 변하지 않아 소리 없이 흐르는 금강 같다. 나는 공주에 이런 찻집이 있어서 좋다. 아니, 이런 찻집을 품고 있는 공주가 좋다. 부디 앞으로도 변하면서 변하지 않는 집으로 오래 그 자리에 그대로 있어주기를 부탁한다.

어떤
연하장

해마다 오가는 것이 연하장이다. 친분 있는 사람들끼리 안부도 전하고 새해맞이를 서로 축하하고자 보내는 일종의 인사장이다. 나도 젊은 시절엔 어설픈 판화 그림을 찍어 이 사람 저 사람에게 연하장을 보냈다.

언제부턴가 그런 일이 부질없다는 생각이 들어 슬그머니 그만두었다. 내 고향 서천에서 생산한 재래식 김을 사서 신세를 졌거나 마음에 남은 정다운 분들에게 보내는 것으로 연하장을 대신하고 있다.

이제는 연하장 문화도 많이 바뀌었다. 구식으로 연하장을 주고받는 일 자체가 대폭 줄었고 젊은 세대는 아예 그런 일에 관심조차 없다. 그 대신 휴대전화 문자 메시지나 카카오톡 메시지로 새해 인사를 전하는 실정이다.

그렇지만, 그렇지만 말이다. 가끔은 귀한 연하장을 받는 경우도 있다. 화선지에 붓글씨로 좋은 문장을 써서 보내거나 안부를 묻는 연하장은 가슴을 울린다. 해마다 그렇게 연하장을 보내던 분이 연하장을 보내지 않으면 그분에게 무슨 일이 생겼나, 걱정하기도 한다.

올해도 나는 연하장 여러 장을 받았다. 주로 기관 단체장이 보낸 형식적 연하장이다. 그걸 받은 나 역시 의례적으로 개봉하고 한쪽에 밀쳐두었다. 그런데 그중 유독 나에게 울림을 준 연하장 한 장이 있었다.

이런 연하장은 난생처음 받아봤다. 특별했다. 감동적이기까지 했다. 연하장을 보낸 분에게 실례가 될지 모르겠지만 그분이 이해하실 것을 전제 삼아 연하장 주인의 성함을 가리고 문면文面만을 옮겨보면 이러하다.

"존경하는 선생님/ 제가 그런 나이가 돼서 그런지… 나이 드신 분들이 전보다 더 눈에 띄네요. 연세 드신 분들은 딱 두 부류입니다. 내가 본받고 싶은 분. 아님 나이 들어 저렇게 되지 말아야지, 그런 분. 저 자신 2022년! 나이 잘 먹는 한 해 되도록 노력하겠습니다."

읽는 순간 가슴이 화했다. 몸에 전율이 왔다. 그건 각성이고 충고이고 마음의 회초리이고 다짐이고 또한 독려였다. 그렇다. 사람이 괜히 나이 먹는 건 아니다. 무언가 더 좋아지기 위해 나이를 먹는 것이고 남에게 도움을 주기 위해 나이를 먹는 것이다.

과연 나는 그런 사람으로 올 한 해를 잘 살아갈 수 있을 것인가? 나 자신에게 묻는 다짐의 순간, 그것은 하나의 부드러운 축복이다.

삼인행

"삼인행 필유아사三人行 必有我師." 이것은 《논어》〈술이〉편에 나오는 말로 '세 사람이 길을 가면 그 가운데 반드시 내 스승이 있다'란 뜻이다. 그 아래 이런 말이 이어진다. "그중 좋은 것은 본받고 나쁜 것은 살펴 스스로 고쳐야 한다擇其善者而從之其不善者而改之." 쉽지 않지만 귀 기울여 듣고 삶에 옮겨야 할 말이다.

요즘과 달리 내가 어려서 글을 쓰기 시작할 때는 해마다 연초가 되면 잡지나 신문에 '정담鼎談'이란 제목으로 글이 올라오곤 했다. 그건 단순한 글이 아니고 대담 내용을 기록한 글이다. 그러니까 대담이 먼저 있었다는 얘기다. 어떻게 하는 대담인가? 셋이서 하는 대담이다. 그래서 정담이란 단어의 정은 솥 정鼎 자다. 정담은 세 사람이 솥발처럼 벌려 마주 앉아서 하는 이야기다.

예전부터 솥의 다리는 셋이었다. 다리 세 개만 있으면 솥이 제대로 선다. 다리가 네 개면 오히려 두 패로 짝이 나뉘어 기우뚱거릴 수 있다. 즉, 자연스럽게 두 팀으로 나뉜다. 그러나 다리 세 개는 짝이 맞지 않아 서로 눈치를 보면서 상대방에게 자기를 맞추어야 한다. 그래야 솥이 바로 선다.

사람과 사람이 함께할 때도 비슷한 현상이 일어난다. 연초에 식견 높은 세 분이 나와 새로운 한 해를 어떻게 살아야 할 것인지를 주제로 정담을 하며 깨우침을 주고 지혜를 나눈 이유가 여기에 있다. 이것은 셋이 이야기하면 한쪽으로 기울지 않고 평형을 유지하면서 앞으로 나아간다는 것을 보여주는 예다.

우리 문단에도 오래전부터 삼인행이 있었다. 1929년 이광수·주요한·김동환이 함께 낸 《삼인시가집》이 시초다. 그 뒤로 1946년 박목월·조지훈·박두진의 《청록집》이 있었고, 1957년 김종삼·전봉건·김광림의 《전쟁과 음악과 희망과》가 뒤따랐으며, 이는 1968년 황동규·김영태·마종기의 《평균율1》로 이어졌다.

실은 나도 삼인행에 관심이 많아서 어려서부터 세 사람이 어울려 다니는 걸 좋아했다. 고등학교 시절엔 동급생인 김영준, 김동현과 함께 3인 독서 모임을 만들었다. 문단에 나온 뒤에는 구재기, 권선옥과 셋이 합동 시집을 내기도 했다. 그 뒤엔 이성선, 송수권과 함께 오랜 세월 서로 오가면서 정을 나누었다.

세 사람은 등단 시기가 비슷했고 나이와 시적 경향도 비슷했다. 나는 1971년 《서울신문》, 이성선은 1972년 《시문학》, 송수권은 1975년 《문학사상》으로 등단했다. 그런데 나이는 거꾸로다. 송수권 1940년생, 이성선 1941년생, 나태주 1945년생 순이다. 모두 시골에 사는 시인들로 문단 생활이 쉽지 않았다. 늘 고적하고 따분했다. 그걸 서로 알아서 위로하고 채워준 것이 우리 사이다. 서로 고마운 일이라 할 것이다.

우리에겐 참으로 다행스러운 조건이 몇 가지 있었다. 거주 지역이 서로 달랐고 시적 경향이 비슷하면서도 무늬가 달랐다. 거주 지역이 달라 서로 충분히 독립적으로 활동하며 살아갈 공간이 허락되었고 또 시의 무늬가 다르므로 다툴 필요 없이 자기 길을 가기만 하면 그만이었다. 언뜻 단순하고 작은 문제로 보이지만 작가에게는 중요하고 어려운 문제다.

나무 한 그루에 비유하면 이성선의 시는 상층부, 나태주의 시는 중층부, 송수권의 시는 하층부를 차지하는 형국이었다. 지역으로 구분하면 이성선은 강원·경인 지역, 나태주는 충청·중부 지역, 송수권은 전라·남부 지역을 차지했다. 이를 두고 이정록 시인은 세 사람이 대한민국 지역 지도를 균등하게 삼등분하여 나누어 가졌다고 말했다.

뒤돌아보면 참으로 그립고 아쉽고 아름다운 날들이다. 이를 두고 송수권은 트라이앵글이라 말하곤 했다. 초등학교 학생들이 음악 시간에 사용하는 쇠기둥으로 이어진 삼각형 악기 말이다. 그걸 쇠막대기로 치면 땡, 하고 예쁜 소리가 울린다. 문단 행사에서 우리 셋이 어울려 다니면 다른 시인들이 부러워했고 우리는 자랑스러워했다. 눈 내리는 겨울날 외투를 차려입은 듯 따뜻하고 좋았다.

힘들고 어려운 시절 우리 세 사람은 서로 의지하고 우정을 나누며 살았다. 그들이 있어 멀리 손을 들어 존재를 알리면서 외로움을 달랠 수 있었다. 그런데 이성선 시인이 먼저 떠나고 (2001년 별세), 송수권 시인마저 떠나면서(2016년 별세) 트라이앵글은 깨지고 삼인행도 무너졌다. 지금은 나 혼자 당분간 지상에 남아 간당간당 숨 쉬고 있는 형편이다.

반세기를
뛰어넘은 우정

　사람은 혼자서 살 수 없다. 외로워서 살 수 없다. 친구와 이웃이 있어야 하고 가족이 필요하다. 삶은 사람과 사람의 관계 맺음에서 출발한다. 만남 자체가 인생이다.

　사람과 사람 사이, 가장 좋은 관계 맺음은 친구다. "좋은 친구는 한 사람도 많다." "친구는 내 슬픔을 대신 지고 가주는 자다." 친구에 관한 여러 좋은 말 가운데서도 가장 좋은 말은 '지음知音'이다.

　지음이란 '거문고 소리를 듣고 안다'라는 뜻으로, 자기 속마음까지 알아주는 친구를 의미한다. 중국 춘추전국시대 때 백아伯牙란 거문고 명인이 있었다. 그에게는 자신의 연주를 듣고 악상을 잘 이해하는 종자기鍾子期란 친구가 있었다. 그런 종자기가 죽자 백아가 다시는 거문고를 연주하지 않았다는 데서 연유한 말이다. 내 마음을 내 마음 그대로 알아주는 지음. 이런 사람은 내 슬픔을 대신 지고 가주는 사람이다.

나는 실상 늙은 사람이다. 내 이야기를 하고 싶어도 그걸 제대로 들어주는 사람이 많지 않아 걱정인 사람이다. 외롭다 그럴까. 적막하다 그럴까.

그런 내게 참 좋은 친구가 한 사람 있다. 놀랍게도 그는 나와 50년 나이 차이가 나는 여성이다. 김예원, 부산에서 중등학교 영어 교사로 일하면서 여행을 좋아하고 책 읽기를 좋아하고 또 글쓰기를 좋아하는 사람이다.

그 김예원이 나를 처음 찾은 것은 2019년 1월 3일. 이제 막 대학교를 졸업한 앳된 얼굴로 나를 만나러 공주로 왔다. 예쁘고 상냥했다. 의외로 그녀는 사회 경험을 쌓아 아는 것이 많았고 유독 시를 좋아했다.

이후 우리는 좋은 친구가 되었다. 무슨 이야기든 스스럼없이 나누었고 무슨 말을 하든 막힘없이 통했으며 이야기하는 내내 좋은 기분을 주고받았다. 김예원의 귀는 내 말을 잘 알아듣는 귀였고 내 귀 또한 김예원의 말을 잘 알아듣는 귀였다.

지금껏 우리는 아주 많은 이야기를 나누면서 책 여러 권을 함께 썼고 여러 차례 토크쇼에 초청받기도 했다. 그러다 보니 서로 나눈 이야기가 상당했고 많은 것을 공유했다.

한세월 좋은 벗으로서 내 삶과 동행하며 내 마음속 말을 잘 들어준 김예원의 아름답고도 깨끗한 귀에 감사한다. 김예원에게 진정 새로운 책을 내는 기쁨이 있다면 그 귀퉁이의 조그만 기쁨은 또 내 것이기도 하다.

.

층과
서

단골 세탁소에 들렀다. 아내의 심부름이긴 했지만 실은 내 옷을 수선하는 일 때문이었다. 여름철만 입는 삼베옷 한 벌이 여러 해 입어서 그런지 여러 군데가 해어졌다. 그걸 수선해서 가져오라는 주문이었다.

자전거를 타고 세탁소에 가니 주인 내외가 나를 맞이했다. 그들은 하루 24시간 내내 거의 함께 생활한다. 몸이 깡마르고 유순한 표정이 서로 닮았다. 나는 그들의 그런 분위기를 좋아한다.

세상은 질탕하게 호기롭게 요동치며 저만큼 흘러가지만 그들은 도무지 변하지 않는 세상을 고요히 살아가는 것 같다. 오로지 자기들 일에 정성을 다하면서 작지만 그들만의 세상을 가꾸며 평온하게 인생의 강물을 건너고 있다. 멀리서 보기에도 좋고 가까이에서 만나도 좋다.

세탁소에 들어가 옷을 꺼내놓고 아내가 부탁하는 내용을 말했다. 여기, 여기가 해졌으니 준비해 간 천으로 덧대주시고 여기는 재봉 박음질로 처리해주십사 장황하게 부탁했다. 그러면서 아내의 주문대로 오후 퇴근길에 찾아갈 수 있으면 좋겠다 했다.

세탁소 주인은 그리 급하게는 일이 어렵겠노라 답했다. 알았노라 말하고 문학관에 와서 일을 보는데 아내에게 전화가 왔다. 자기가 전화로 부탁했으니 오후 퇴근길에 옷을 찾아오라는 거였다. 역시 세탁소는 아내가 부탁해야 잘 먹히는구나. 집으로 돌아오는 길, 세탁소에 들렀다.

아침에 본 것처럼 내외가 세탁소 안에 있었다. 내가 들어서자마자 그들은 수선한 옷이 담긴 종이 가방을 건네주었다. 고맙다, 말하며 이렇게 자기 일에 충실하면서 아름답게 사시는 분들이 계시어 공주의 하늘이 다 환하다고 했다. 주인 내외는 수줍은 표정으로 그렇게 알아주어서 고맙다고 대답했다.

자전거를 타고 오려고 하는데 남편분이 옷이 든 가방을 자전거 바구니에 정성껏 넣어주며 조심해서 잘 가져가라고 했다. 아, 그 정성! 자기가 하는 일에 갖는 그 자부심과 섬세한 배려!

거듭 고맙다, 수고했다, 인사하고 자전거를 몰고 집으로 돌아오면서 가슴이 따스해지는 것을 느꼈다. 어쩌면 부부는 나란히 서서 자전거를 타고 가는 내 뒷모습을 오래도록 바라보고 서 있었을지도 모르겠다.

공자님이 말씀한 '충서忠恕'라는 것이 바로 이런 게 아닌가 싶다. '충'이란 자기 일에 충실한 것이고 '서'는 다른 사람을 잘 배려하고 너그럽게 대해주는 것을 말한다. 《논어》는 충서를 두 차례나 언급한다. 공자님의 중심 사상인 '인仁'을 실현하는 실천 방안이 바로 충서다.

또 공자님은 보다 적극적으로 충서의 실천 강령을 말했다. 바로 "기소불욕 물시어인起所不欲 勿施於人"이다. 내가 하기 싫은 일은 남에게도 하게 하지 마라. 이 얼마나 단순하면서도 소중한 교훈인가.

오늘날 우리가 사는 세상이 이토록 시끄럽고 요란한 것은 자기 편리와 이익만 추구하고 다른 사람 형편은 고려하지 않기 때문이다. 오늘 내 옷을 수선하고 그 옷을 정성껏 건네준 세탁소 부부야말로 충과 서를 잘 이해하고 실천하는 분들이라 할 만하다.

숙명

촛불은 예쁘고 사랑스럽다. 신비하기까지 하다. 하지만 촛불은 뜨겁다. 잘못 만지면 손을 덴다. 촛불의 양면성이다. 촛불을 처음 본 어린아이는 촛불의 예쁘고 사랑스러운 면만 보고 촛불을 만지려고 한다. 그러다가 촛불이 뜨겁기도 하다는 걸 경험하고 나면 촛불을 만지기보다 일정 거리를 두고 바라보기만 한다.

남녀의 사랑도 마찬가지다. 촛불처럼 아름답고 매혹적인 일면이 있는가 하면 분명 상처를 주는 측면도 있다. 그래서 철없는 청춘 시절 사랑을 한두 차례 겪어보고, 사랑으로 상처받을 수도 있음을 알고 나서는 쉽사리 시도하지 않는다. 그렇게 어른이 되어간다.

그렇지만 시인은 번번이 어린아이 같은 사람이다. 촛불의 양면성, 아니 사랑의 양면성을 기억하려 하지 않고 기어이 아름답고 예쁜 일면만 따라가려는 사람이다. 특히 나 같은 사람, 나처럼 아예 어른이 되어서도 철이 들기는 어려운 사람이 그렇다.

나는 아주 어려서부터 예쁜 것, 고운 것, 사랑스러운 것이 좋았다. 눈과 귀가 그쪽으로만 열렸고 한번 쏠리면 제자리로 돌아오기가 쉽지 않았다. 그렇게 한쪽으로 기우는 마음은 내게 고질병 같은 것이었다. 그건 평생을 두고 나를 괴롭힌 정서적 형태였다.

누군가를 분명하게 좋아한 건 고등학교 1학년 때, 열다섯 나이였다. 1960년 1월, 나는 고향에서 서천중학교 졸업예정자이면서 초등학교 교사가 될 수 있는 공주사범학교에 합격한 아이였다.

입학시험 기간 내내 공주에 따라와 함께한 아버지가 매우 기뻐하셨음은 물론이다. 아버지의 평생소원이 초등학교 교사가 되는 것이었는데 아들이 그 길로 가는 학교에 합격했으니 이는 당연한 일이었다.

합격 발표가 있던 날, 나는 아버지를 따라 서둘러 집으로 돌아와야 했다. 그런데 합격자 모임까지 마친 뒤라 시간이 늦어져 고향으로 가는 버스가 이미 끊겨버렸다. 눈치껏 몇몇 어른이 모여 택시 한 대를 마련했다. 택시 이름은 시발 택시. 한자 이름이 그랬다. 시발始發.

지금의 택시와 많이 달랐던 그것은 지프 모양의 차였다. 그 좁은 차 안에 여학생 두 명과 그들의 아버지, 나와 우리 아버지 그리고 운전기사 그렇게 일곱 사람이 구겨져서 타고 있었다. 내 자리는 뒤에서도 창문 쪽에 달린 조각 의자였다.

뒤편에 여학생 둘이 앉았는데 한 사람은 둥근 얼굴에 안경을 끼고 있었고, 또 한 사람은 해사하고 갸름한 얼굴에 안경을 끼지 않았다. 얼굴 해사한 그 여학생이 내 옆자리에 앉아 있었다. 나는 대번에 옆자리 여학생에게 마음이 기울었다.

그것은 순간이었고 우연이면서 필연이었다. 차라리 숙명 같은 것이었다. 나는 순식간에 그녀에게 마음을 빼앗겼다. 비포장도로를 달린 택시는 심하게 덜컹거리며 어디론가 끝없이 가고 있었다. 때마침 날이 저물어 택시 유리창으로 붉은 노을이 번지기 시작했고 머잖아 저녁 어스름이 내려앉았다.

불편하고 비좁은 자리였지만 나는 그 택시가 끝없이 어딘가로 가주기를 바라고 바랐다. 분명 현실인데 혹시 이게 꿈속의 일이 아닌가 싶기도 했다. 어딘가 내가 모르는 마법의 성으로 가고 있는 거라 상상하기도 했다. 그만큼 나는 분위기에 취하고 옆에 앉은 그녀에게 취하고 말았다.

더구나 그 긴 시간 동안 그 여학생 옆에 쪼그리고 앉아 그녀
가까이에서 숨을 쉬고 있다는 것이 내게 특별한 의미로 다가
왔다.

그렇게 내 시가 시작되고 싹이 텄다. 이름도, 어디에 사는지
도, 누군지도, 모르는 그 여학생을 만나면서 나는 평생 시를
쓰면서 살아야 하는 사람으로 다시 태어났다. 드디어 공주사
범학교 1학년 학생으로 신학기를 맞았지만, 나는 이미 초등학
교 교사를 양성하는 학교 학생이 아니고 오로지 시를 쓰고 싶
은 아이가 되어 있었다.

이거야말로 나로서는 일생일대의 실수였다. 어쩌랴, 더는
되돌릴 수 없는 길로 깊숙이 빠져들고 만 것을. 마땅히 초등학
교 교사에게 필요한 공부를 해야 했지만 나는 시를 쓰는 사람
이 되고 싶었다. 아니, 내 마음을 있는 그대로 표현하는 사람
이고 싶었다.

공주에서 보낸 고등학교 시절 3년. 그것은 오로지 시집을
읽고 혼자 서성이고 혼자 생각하고 혼자 걷는 나날의 연속이
었다. 우습게도 그 여학생에게 내 마음을 제대로 표현하거나,
만나서 이야기를 나눠본 일은 없다. 다만 나 혼자 그녀를 가슴
에 담은 채 살았을 뿐이다.

학교생활을 하는 중에도 멀리서 그 여학생의 모습을 바라보

는 것이 유일한 보람이고 기쁨이었다. 하기는 연애편지 같은 걸 한 차례 써서 그 여학생 집으로 보낸 일이 있긴 하다. 고등학교 1학년 여름방학 때의 일이다. 뜻밖에도 그 여학생 아버지에게 답장이 오는 바람에 더는 편지마저 쓰지 못하고, 모든 걸 가슴에 묻어두는 수밖에 없었다.

맨 처음 시집으로 읽은 시가 한용운의 〈나룻배와 행인〉이었고, 김소월의 시편들이었다. 신석정 시인의 시집 《촛불》과 《슬픈 목가》를 읽은 것도 그때였다. 특히 신석정 시인의 시집에는 '일림이'와 '란이' 같은 사람 이름이 나오는데 나는 내가 좋아하는 그 여학생을 란이라고 이름 지어 부르기도 했다.

그녀는 내게 란이였고 나는 그 란이를 나 혼자 아끼고 간직하고 사랑했다. 그것은 매우 황홀하고 신비롭기까지 한 기쁨이었고 나만의 비밀이었다. 또 끝없이 이어지는 형벌이기도 했다. 물론 그 여학생은 지금까지도 내가 3년 동안 오로지 그녀만 바라보며 고등학교 생활을 온전히 마쳤음을 알지 못한다.

말실수

사람의 마음이란 건 참으로 가변적이다. 믿을 만한 것이 못
된다. 시간을 길게 두고 보면 더욱 그러하다. 가령 남몰래 마
음속으로 좋아하는 사람이 있다고 해보자. 이름만 들어도 가
슴이 뛰고 생각만 해도 얼굴이 붉어지는 그런 사람이다. 생이
끝날 때까지 그 마음만 지니고 살아도 좋을 것 같다.

그런데 세월이 가면서 그 사람을 향한 생각과 느낌은 바뀐
다. 10년쯤 지나면 생각이 흐려지고 20년쯤 지나면 가물가물
해지며 30년쯤 지나면 아예 생각조차 나지 않는다. 아무리 아
프고 힘든 기억도 그 정도 지나면 기억에서 멀어지고 마음에

서 지워진다. 세월의 은택이다.

제법 오래 산 사람이니 내게는 그런 일이 많다. 다음 이야기는 내가 마음 깊이 사랑했거나 상처를 받은 게 아니라 그저 평범한 일상생활을 하다가 겪은 일이다. 그러니까 젊은 시절 내가 초등학교 선생으로 일할 때다.

논산의 시골마을에 있는 조그만 학교. 그 학교에서 나는 교감이었다. 어느 날 유치원에 다니는 아이 하나가 교통사고로 사망했다. 어린이날 집에서 쉬는 아이에게 이모가 찾아와 용돈을 줬는데 그 돈을 들고 부근의 가게로 과자를 사러 가다가 지나가는 자동차에 치여 그렇게 된 것이다. 마음이 아팠다. 그 엄마를 위로해주러 몇 차례 만난 일이 있다.

죽은 아이의 누나는 초등학교 3학년이었는데 우리 학교에 다니고 있었다. 이름이 다영이. 얼굴이 예쁘장하고 성격도 좋았다. 동생의 일에 마음이 쓰여 나는 유독 다영이를 다정하게 대해주었다. 덩달아 다영이 엄마와도 친해졌다. 내가 그 학교를 떠나 교장으로 승진한 뒤에도 다영이 엄마는 가끔 연락을 해왔다.

실상 나는 다영이의 담임선생도 아니고 교통사고로 세상을 떠난 다영이 동생의 선생도 아니었다. 단지 다영이가 다니는 학교의 교감일 뿐이었다. 그런데도 오랫동안 서로 소식을 전하며 살았다는 건 매우 특별한 일이다. 어쩌면 다영이 엄마가 내 기억을 놓지 않았을지도 모른다. 사망한 아이 때문이었을 것이다.

다영이 엄마는 내 기억 속에 오래 남았고 내 주소록에도 오랜 기간 머물러 있었다. 내가 교직에서 물러나 공주문화원장을 할 때도 만났고 풀꽃문학관을 개관한 뒤 그 앞에서 풀꽃문학제를 열 때도 나는 그녀를 만났다. 제1회 때도 왔고 제2회 때도 왔다. 그런데 그 제2회 때 내가 다영이 엄마에게 그만 실수를 하고 말았다.

풀꽃문학관 방에서였다. 여러 사람이 이런저런 이야기를 하고 사인을 받고 사진을 찍고 그럴 때였다. 그 사람들 가운데 다영이 엄마도 있었다. 다영이 엄마 차례가 왔다. 나는 다영이 엄마에게 근황을 물었다. 살던 고향을 떠나 지금은 경기도의 어느 도시에서 산다고 했다. 그때 내 입에서 실수가 나왔다.

"다영이 동생은 잘 있나요?"

안부 삼아 무심코 던진 말이었다. 다영이 엄마는 한동안 아무 대답도 하지 않았다.

"선생님은 또 그 소리를 하네요."

다영이 엄마가 조그만 목소리로 말했다. 울고 있었다. '다영이는 잘 있나요?'였어야 할 말을 그만 그렇게 한 것이다. 명백한 실언. 아차 싶었다.

한번 꺼낸 말은 다시 거두어들일 수가 없다. 하기는 사람이

너무 많고 혼란스러워 그랬다고 핑계를 댈 수도 있다. 아주 오래전 일이라 기억이 흐려져서 그랬노라 변명할 수도 있다. 하지만 그것은 분명 진중하지 못한 내 성격과 인격적 결함에서 나온 실수였다. 돌이켜보면 짐짓 부끄럽다.

다영이 엄마에게 진심으로 사과하고 싶다. 왜 내가 그 아픈 상처를 다시금 건드렸단 말인가!

'정말로 그것은 본의가 아니었습니다. 제가 마음 수양이 부족해서 저지른 실수였습니다. 미안합니다. 미안합니다. 앞으로도 다영이랑 편안히 행복하게 잘 사시기를 빕니다.'

그 뒤로 다영이 엄마와 소식이 끊겼다.

천성
난개

"천성天性은 난개難改다."

어린 시절 아버지에게 자주 듣던 말이다. 처음엔 말뜻을 전혀 알지 못했다. 천성 난개라고? 무슨 개 이름인가? 어린아이의 요량으로는 당연한 일이었는지 모른다. 여하튼 천성 난개란 '타고난 성품은 고치기 어렵다'라는 뜻이다.

아버지는 유식한 분이 아니다. 공부를 많이 하지도 않았고 서당에 다니며 한학을 익히지도 않았다. 집안 형편이 공부할 만큼 여유롭지 않았다. 밥 먹고 사는 일조차 허덕대는 집안이었다.

아버지는 열여덟 살 때 초등학교를 졸업하셨다. 그렇다면 열두 살에 초등학교에 입학한 셈이다. 초등학교를 졸업할 나이에 초등학교에 입학한 것이다. 집안에서 누구도 학교에 보내주지 않으니 당신 혼자, 몰래 입학해 집안일을 하면서 6년 공부를 마치셨다고 한다.

그만큼 향학열이 강한 분이셨다. 그러나 이후 계속 공부하거나 독서한 것은 아니다. 다만 살면서 듣고 본 것을 지식으로 받아들였을 뿐이다. 이를 두고 "어깨너머로 공부했다"라고 말한다. 그런데도 아는 바가 많았다. 그런 아버지를 두고 사람들은 됫글로 배워 말글로 쓴다고 했다.

아버지는 유독 편지 쓰기를 좋아하셨다. 특히 맏이인 내게 편지를 많이 쓰셨다. 내가 공주에서 고등학교에 다닐 때 시작한 아버지의 편지 쓰기는 꾸준했다. 내가 경기도에서 교직 생활할 때, 군대 생활할 때도 계속 이어졌다. 그것은 내가 주월 비둘기 부대에 파병되어 베트남에서 근무할 때 절정을 이루었다.

"요즘은 네 편지 받는 것을 낙으로 알고 산다."

"오늘도 들에 나가 일하고 돌아와 손발을 씻고 호롱불 아래 너에게 편지를 쓴다."

아버지의 편지는 짧지만 간절한 내용으로 채워졌다. 집안의 안부, 멀리 있는 자식을 걱정하는 마음, 빚진 사연, 당신이 들일을 한 이야기, 돈을 부쳐준 이야기 등.

그러고 보면 오늘날 내가 글을 쓰는 사람이 된 것은 전혀 근거가 없는 건 아닌 모양이다. 어쩌면 그것은 아버지에게 물려받은 타고난 성품이요 숨은 능력일지도 모른다. 천성은 난개라. 아버지는 내가 당신의 기대에 어그러지거나 게으름 피울 때 한탄 삼아 그 말을 했다. 정말로 그런 게 아닌가 싶다.

하나가
없다

살아오면서 그동안 존경해 마지않던 분이 많다. 그중에는 대전 지역에서 활동하던 시인 임강빈 선생도 있다. 그분은 인품이 훌륭했고 작품도 좋았다. 그래서 주변이 늘 맑고 고즈넉했으며 따르는 후배도 많았다. 나도 그런 사람 가운데 하나였다.

내게 '정파리定破離' 원리를 말해준 분이 임강빈 선생이다. 이것은 무술의 한 수련 과정 혹은 원리라고 하셨다. '정定'은 선대 기술이나 지식을 습득하는 단계이고, '파破'는 그 틀을 부수는 단계다. 그리고 '리離'는 전혀 새로운 기술이나 방법을 터득하는 단계다. 그렇지 않으면 상대방을 이길 수 없다고 했다.

선생에게 이 말을 들은 것이 2000년대 초인데 이후 나는 시 쓰기와 관련해 많은 것을 살피고 생각했다. 내 나름대로 변화를 도모했다. 내 후기 시에 작으나마 변화가 있었다면 그것은 다분히 선생의 가르침 덕분이다. 오늘에 와 감사한 일이다.

그런데 선생은 당신의 마지막 시집 《바람, 만지작거리다》 서문에 이런 말을 적어넣었다. "문단에 몸을 담은 지 회갑의 나이가 되었지만 널리 회자되는 시, 번번한 애송시 하나 없다. 허무하다는 말은 바로 이런 때 쓰는 것이리라."(〈시인의 말〉 부분, 《바람, 만지작거리다》, 오늘의문학사, 2016)

실로 이것은 중요한 지적이요 각성이다. 시인에겐 대중에게 알려진 시 한두 편이 있어야 한다. 그래야 죽어도 죽지 않는다. 김소월의 〈진달래꽃〉, 한용운의 〈님의 침묵〉, 윤동주의 〈서시〉처럼 말이다. 그만그만한 시만으로는 안 된다. 임강빈 선생은 당신의 시들을 '그만그만한' 시라고 여겼고 그것을 한탄했다.

한 편의 시는 그렇게 중요하다. 아니, 인생살이 모든 일에서 진정한 하나는 그렇게 중요하다. "좋은 친구는 한 사람도 많다"란 말이 보여주듯 그 '하나'의 힘은 대단하다. 친구든 지인이든 정말 소중한 한 사람은 그리 다급하고도 소중하다. 진정 내게 그런 사람이 있는가, 물으면 아연 나 자신도 대답이 궁하다.

"하나 없다." 이는 임강빈 선생 생애의 마지막 한탄이지만 모두의 한탄이 될 수도 있다.

3부

세상을

좋아하기 때문에

굴러서 말하고 싶다. 울고 싶은 일이 있으면 참지 말고 울어라.
눈물 또한 흘려라. 그래야 우리 인간 세상이 보다 맑아지고 그
윽해지고 인간다워지고 마침내 정결해진다.

인간은
개구리가 아니다

　언젠가 누군가에게 들은 이야기다. 찬피동물 개구리를 실험했다고 한다. 아는 바대로 찬피동물은 제 몸 온도를 상온으로 유지하는 게 아니라 외부 환경 온도에 따라 변화하는 동물이다. 그래서 변온동물로 불리기도 한다.

　개구리가 좋아하는 온도는 섭씨 12도 정도다. 그 12도에 맞추어 실험용 플라스크에 물을 채우고 그 물에 개구리를 넣으면 매우 좋아라 헤엄치며 논다고 한다. 이때 플라스크를 삼발이 위에 올려놓고 그 밑에서 알코올램프로 천천히 가열한다.

　당연히 플라스크 물의 온도가 미세하게 올라가겠지. 물의 온도가 계속 올라갈 때 개구리 행동을 관찰하면 놀라게 될 것이라 한다. 12도가 20도, 30도로 올라가도 개구리는 여전히 그 물에서 헤엄치며 놀기 때문이다.

결국 물이 피부가 벗겨질 정도로 뜨거워져도 개구리는 물 밖으로 나오지 않다가 끝내 그 물 안에서 죽어버리고 만다. 정온동물이 아닌 변온동물이요, 온혈동물이 아니라 찬피동물이라 그렇단다. 이는 사소한 일 같지만 참으로 놀랍고 무서운 일이다.

우리가 사는 모습을 여기에 비겨보면 더욱 그런 느낌이 든다. 무엇보다 무감각증이 문제다. 내 가치관에 따라 세상을 보면서 사는 게 아니라 타인의 가치관에 따라 세상을 보면서 사는 게 문제다. 그렇다. 우리 인간이 변온동물이자 찬피동물인 개구리와 무엇이 다른가!

무엇보다 물질 지상주의로 치달리는 우리 삶이 문제다. 물론 물질의 도움 없이는 가능하지 않은 게 인간의 삶이다. 그래도 정신 가치를 지나치게 경시하고 있지 않은가. 이 풍조는 어제오늘의 일이 아니고 큰일 가운데 큰일이다. 적어도 인간은 개구리 같은 변온동물이 아니다.

마땅히 자기 가치관을 확립하여 자의적이고 독립적인 삶을 지향해야 한다. 외부 환경이나 변화에만 의존해 자기 삶을 살 일이 아니다. 플라스크 안의 개구리처럼 뜨거운 물에 데워져

죽지 않으려면 퍼뜩 정신 차려 그 물에서 뛰쳐나와야 한다. 그
래서 인간이 인간인 것이다.

연꽃밭

지난 초여름 무렵, 부여의 궁남지 연꽃밭을 다녀왔다. 드넓은 들판에 해마다 연꽃이 구름처럼 피어나 장관을 이루는 곳. 마침 부여문화원 초청으로 부여의 명승지를 돌면서 관광객에게 노상 강연을 하기 위해서였다. 처음 둘러본 곳이 궁남지 연꽃밭이었다.

궁남지 연꽃밭은 여전히 푸르고 싱싱하고 아름다웠다. 초여름 햇빛 아래 연꽃이 가지가지 피어 있었고 연잎도 우아하게 자라 있었다. 그런데 의아하게도 어떤 연꽃밭은 연잎만 우북하게 자라 있을 뿐 연꽃이 한 송이도 피어 있지 않았다.

내 의문에 답해준 사람은 그날 안내를 맡은 부여문화원 김인권 사무국장이었다.

"그것은 말입니다. 연을 옮겨 심어주지 않아서 그렇습니다. 연은 새로 자란 뿌리에서만 꽃을 피우는데 저렇게 이파리만 자란 연들은 오래된 뿌리가 바닥에 꽉 엉켜 있어서 새로운 뿌리가 자랄 틈이 없어서 그렇습니다."

아, 그렇구나. 그 단순한 것을 내가 이제껏 모르고 살았구나. 나무와 풀도 새롭게 싹이 터서 자란 가지나 줄기에서 잎이 나오고 꽃이 피어난다. 그건 동물도 그렇고 사람도 그렇다. 새로운 생명체는 젊은 생명체에서만 생겨나게 마련이다.

나는 그때 우리 풀꽃문학관 화단에 심은 아이리스가 왜 해가 갈수록 꽃 피우는 게 시원찮은지 그 까닭을 알게 되었다. 처음 몇 해는 아주 많은 꽃대를 내밀며 화단의 주인인 양 자태를 뽐내던 아이리스였다. 그러나 근년 들어 꽃 피우는 게 정말로 시원치 않았다. 아이리스 역시 묵은 뿌리가 서로 엉키고 새로운 뿌리가 자랄 공간이 없어서 그런 것이었다.

사람이 이렇게 가깝고도 쉬운 일 하나를 깨닫고 아는 데 이토록 오랜 시간이 걸리다니. 어쩌면 사람에게는 처음부터 눈 감고 사는 어리석음이 있는지도 모른다. 내년에 봄이 오면 아이리스 묵은 뿌리를 캐내 새로운 땅에 넓게 심어야지.

눈물에
관하여

　인간은 생각하는 존재이지만 그보다 한발 앞서 감정을 가진 존재이다. 감정은 생각보다 빠르고 힘이 세다. 우리 삶을 더 많이 지배하고 행복을 결정하는 것이 감정이다. 그만큼 감정은 중요하다.

　희로애락. 기쁘고 노엽고 슬프고 즐거운 감정. 감정의 파노라마. 흔히 인간은 기쁘고 즐거우면 웃고 슬프면 울고 노여우면 화를 내거나 한숨을 쉰다고 말한다. 사실 인간의 감정이란 그렇게 단순하고 명쾌한 것이 아니다. 때때로 서로 뒤엉켜 복합구조를 드러내기도 한다.

이 복잡 미묘한 인간의 감정을 가로지르며 나타나는 현상이 있다. 바로 눈물이다. 눈물이 슬프고 괴로울 때만 나온다고 생각하는 것은 오해다. 놀랍게도 눈물은 여러 감정 상태에서 골고루 흘러나온다. 이러한 눈물은 인간의 신비한 정신작용의 증거다.

그러하다. 일차적으로 눈물은 슬플 때 나온다. 한데 눈물은 기쁠 때도 나오고 어이없을 때도 나오고 노여울 때도 나오고 고달플 때도 나온다. 이렇게 골고루 나타나는 눈물의 공통 성향은 눈물을 흘리는 주체가 선량하다는 점이다.

심성이 악하거나 강퍅한 사람은 눈물을 쉽게 보이지 않는다. 어디까지나 눈물은 그 주체가 선량해야만 가능한 인간의 감정표현이다. 그러므로 눈물은 인간의 마음에서 우러나오는 정신의 보석이라고 보아야 옳다. 그만큼 눈물은 고귀하고 아름답고 순수하다.

그런데, 그런데 말이다. 요즘 사람들은 너나없이 눈물을 잘 흘리지 않는다. 흘릴 눈물이 있으면 이를 악물고 참으려 한다. 어른들도 어린 세대에게 그렇게 가르친다. 오히려 눈물을 흘리는 것을 창피한 일이자 패자의 증거라 여긴다.

과연 그런가? 나는 절대로 그렇지 않다고 생각한다. 눈물이야말로 가장 솔직담백하고 고귀한 인간의 감정표현 방법이다. 또한 그것은 마침내 인간이 인간일 수 있는 가치이며 그 소이

연所以然이다. 굴러서 말하고 싶다. 울고 싶은 일이 있으면 참지 말고 울어라. 눈물 또한 흘려라.

그래야 우리 인간 세상이 보다 맑아지고 그윽해지고 인간다워지고 마침내 정결해진다. 눈물이야말로 인간의 마음을 씻어주는 가장 좋은 청량제다. 청소도구다. 카타르시스의 결정판이다. 화해이며 용서다.

왜 눈물 흘리는 것을 창피한 일이라 여기나? 허위의식 때문이다. 마음 바탕이 선량하지 못해서 그렇다. 마음을 조금쯤 내려놓고 비울 필요가 있다. 솔직담백할 필요가 있다. 진정 그러할 때 눈물은 우리에게 친숙하게 다가올 것이다.

눈물 흘리는 세상. 눈물 흘리는 사람들을 있는 그대로 보는 세상. 아름다운 세상이고 맑고 향기로운 세상이다. 보다 그윽하게 진화한 세상이다. 눈물 앞에서 우리는 평등하다. 솔직하다. 어린 사람이 되고 착해진다. 그만큼 눈물은 가치가 있다.

됐시유

충청도 사람을 가리켜 외지 사람들은 "말은 느려도 행동은 빠르다"라고 말한다. 약간은 비아냥거림과 얕잡아 보는 느낌이 없지 않다. 나는 충청도 사람의 말이 느린 것은 그들의 마음이 편안해서 그런 거라고 말하고 싶다.

성정이 온순하고 삶이 편안하며 삶의 환경 또한 모나지 않기 때문이다. 그것이 외지 사람들에겐 느린 것으로 보이는 것이리라. 비록 말이 느릴지라도 그걸 굳이 흉이나 결점으로 볼 일은 아니다. 그것은 충분히 신중하고 온유하다는 말과 다르지 않으니 말이다.

공주 사람들에겐 특별한 말법이 하나 있다. 그것은 '됐어요'라는 말의 활용이다. 그 말은 본래 그렇다, 나도 인정한다, 정도의 의미다. 그러나 공주 사람들에게 그 말은 아주 여러 가지 의미로 통한다.

논리와 상황에 따라 의미가 달라진다는 얘기다. 공주 사람들은 '됐어요'를 '됐시유'로 발음한다. 그 됐시유는 부정과 긍정을 모두 포함한다. 가령 됐시유를 강하고 빠르게 발음하면서 말꼬리를 올리면 부정의 뜻이다.

시장에서 물건값을 흥정하다가 '됐시유╱'라고 말하면 이는 그 값에는 물건을 안 팔거나 안 사겠다는 의사 표현이다. 그것도 강한 거절의 표현이다. 반면 말을 좀 더 부드럽고 느리게 끌면서 '됐시유우╲' 하며 말꼬리를 내리면 이는 타협이나 수락의 표현이다.

외지 사람들은 전혀 이해하지 못하는 말법이다. 됐시유 외에 '그리유'라는 말도 있다. 이 말도 그래요, 그렇습니다란 의미의 공주 사람식 발음이다. 이 그리유 역시 여러 가지 뜻으로 활용한다. '그리유?'라고 말하면 의문이고, '그리유우ー'라고 말하면 인정이고, '그리유╱'라고 말꼬리를 올리며 빠르고 세게 말하면 강한 거부다.

공주 사람들은 속내가 깊다. 자기 뜻을 쉽게 표출하지 않는다. 충청도 사람이 그런 편이다. 이는 결코 우연한 일이 아니다. 우선 그 자연이 그렇기 때문이다. 나는 이 점을 일러 내명內明하다고 말한다. 밖보다 안으로 밝다는 뜻이다.

꼰대와
라떼

전 세계 어디를 살펴봐도 우리나라처럼 신조어 감각이 뛰어
난 국민은 많지 않을 듯싶다. 우리는 걸핏하면 새로운 말을 만
들어낸다. 그때그때의 현상과 유행과 감정 상태 등을 반영한
신조어는 새롭다 못해 눈부시도록 어지럽다. 특히 젊은 세대
의 신조어 창출 능력은 대단하다.

꼰대와 라떼란 말도 그렇다. 인터넷 지식백과에도 설명이 나
오는 '꼰대'는 이미 우리에게 익숙한 말이다. 상당히 오랫동안
사용해온 용어이지 싶다. 우리가 아는 대로 꼰대란 젊은이들
이 권위적 사고방식을 지닌 어른들을 가리켜 비꼬는 말이다.

라떼는 그 쓰임이나 색깔이 조금 다르다. 본뜻은 커피나 차 종류에 우유를 적당량 섞어서 만든 음료를 말한다. 마시기 부드럽고 새로워 젊은이들이 좋아하는 음료다. 그런데 요즘 젊은이들이 이 좋은 음료를 싫어하게 되었단다. 그 원인은 어른들의 말투에 있다.

어른들이 젊은 세대에게 "나 때는 말이야"라며 자주 훈계해서 짜증스러운데, 이 말의 앞부분에 나오는 '나 때'가 '라떼'로 들려 라떼까지 싫어진다는 것이 그들의 속사정이다. 그러니까 말뜻이 바뀐 것이고 두 겹이 된 것이다. 이래저래 나이 든 사람의 설 자리가 점점 비좁아지는 세상이다.

내 생각은 이렇다. 어른과 젊은이 쌍방이 조금씩 뒤로 물러서서 상대방을 이해하고 배려하면 어떨까. 먼저 어른 쪽에서 무조건 권위를 내세우며 자기중심적으로 생각하지 말고 젊은이를 이해하는 쪽으로 노력해보면 어떨까. 그러면 젊은이도 조금씩 변화하지 않을까.

젊은이도 마찬가지다. 나이 든 세대를 꼰대로 몰아세우지만 말고 지나간 세대의 말과 삶에 관심을 보이면서 좋은 점이 있다면 그것을 받아들이려 노력해보면 어떨까. 그럴 때 우리 사회에 뿌리 깊은 세대 갈등도 조금씩 좋아지지 않을까 싶다.

요즘 젊은이들 중에도 꼰대가 있다. 이른바 젊은 꼰대다. 그들은 일단 자기 생각과 기준을 정하면 좀처럼 그것을 바꾸려

하지 않는다. 아니, 고집스럽게 자기 자신에게 매몰된다. 언제든 변화하지 않는 것이 문제다. 변화에는 진보와 퇴보가 있는데 이런 경우 퇴보하기 십상이다. 늙은 꼰대는 10년 혹은 20년을 더 살겠지만 젊은 꼰대는 60년, 70년을 더 살기에 문제다.

'틀리다'와
'다르다'

"라면 끓이게 가스레인지 위에 물 좀 올려놓아다오."

한 엄마가 딸에게 부탁했단다. 얼마 뒤 엄마가 가스레인지 있는 데로 가보니 라면을 끓이는 조그만 냄비에 물만 올려놓았더란다.

"얘야, 왜 가스레인지 불은 안 켰니?"

그러자 딸이 대답했단다.

"엄마, 물을 올려놓으라고만 했지 불을 켜라고 하지는 않았 잖아요."

이 이야기를 전해준 분은 요즘 아이들은 도무지 언어의 이

중 구조, 즉 숨은 뜻을 이해하지 못한다며 한탄했다. 그건 그러하다. 요즘 젊은이들은 담백하다. 무슨 일이든 있는 그대로 받아들이고 반응한다. 예전과 달리 이중으로 받아들이지 않고 의심하는 법도 없다. 그것이 요즘 젊은이들의 특성이다.

그게 나쁜 일인가? 나는 그걸 나쁜 일로 여기지 않는다. 개탄하거나 비난할 일로 볼 것도 아니다. 하나의 현상으로 보면 그만이다. 과거의 젊은이들은 그럴 만해서 사안을 복선으로 받아들였고, 요즘 젊은이들은 그들의 삶이나 환경이 그럴 만해서 단선으로 받아들이는 것뿐이다.

우리말에 '틀리다'와 '다르다'가 있다. 두 말은 그 뜻과 쓰임새가 다르다. 그런데 그것을 제대로 알고 언어 현실이나 삶의 현장에 적용하는 사람은 그다지 많지 않은 것 같다. 틀리다는 '맞다'나 '옳다'와 맞서는 말이고, 다르다는 '같다'와 맞서는 말이다. 당연히 다른 용처로 사용해야 한다.

실존철학자 마르틴 하이데거의 말대로 "언어는 존재의 집"이라 언어의 해석이 다르면 현상이 달라진다. 이것은 단순히 언어 문제가 아니다. 삶의 문제이고 인생 문제다. 우리는 흔히 나와 다른 경우 무조건 틀렸다고 생각하는 경향이 있다. 다른 것을 인정하려 들지 않는다.

우선 '틀리다'와 '다르다'를 구별할 줄 알아야 한다. 그리고 나와 다름을 인정하고 그와 더불어 존재하는 것을 수용해야 한다. 그럴 때 나와 다른 쪽도 나를 인정해줄 것이다. 다른 것을 틀린 것으로 받아들일 때 흑백논리가 나오고 파당이 심화하며 내로남불이 극성을 부린다.

나이 든
사람

아마 맞지 싶다. 청년 시인일 때 들은 얘기가 있다. 곧고 정淨하기로 이름난 시인 김현승 선생 이야기다. 어느 날, 믿는 후배에게 말했다고 그런다.

"내가 이제 회갑을 넘긴 사람이 되었네. 이제부터는 내가 헛소리를 할지도 모르니 내 말을 곧이듣지 말게."

이게 무슨 생뚱맞은 말씀이란 말인가? 그러니까 나이 먹은 자기를 알고 스스로 언행을 조심하고 경계했음을 보여주는 일화다. 이런 어른은 생애 후반에도 실수하는 일 없이 인생을 바르게 살다 가시게 마련이다. 그런데 요즘 나이 든 사람들은 어떠신가?

나이 든 내가 나이 든 사람에게 하고 싶은 이야기가 있다. 요즘 나이 든 사람들은 자기가 나이 들었음을 되도록 잊고 살려고 하는 경향이 있다. 물론 젊게, 씩씩하게 사는 건 좋다. 젊은 시절에 이루지 못한 일을 새롭게 시도하거나 거기에 매진하는 것도 바람직하다. 다만 나잇값을 하면서 그런 일을 해야 한다. 일테면 젊은이들처럼 해서는 안 된다. 이건 대체 무슨 말인가?

구체적으로 말하면 이렇다. 내가 문학 하는 사람이니 문학상을 예로 들어 말해보겠다. 어떤 선배 시인은 회갑을 넘기자, 자기는 이제 문학상 같은 것을 받지 않겠다고 선언하듯 말한 바 있다.

이것도 옳은 일이다. 반면 요즘 나이 든 사람들은 그런 생각과 거리가 멀어 보인다. 젊은 시절 받지 못했으니 이제라도 받자는 식이고, 나이 들었으니 더욱 대접받아야 한다고 고집하는 것 같다. 낯 뜨거운 일이다.

내 사견으로는 문학상이나 문단 일은 되도록 젊은이들에게 양보하거나 맡기고 나이 든 사람들은 뒤로 물러나는 게 낫다고 본다. 그래야 젊은이들에게 지도력과 자생력이 생긴다. 정말로 요즘 나이 든 어른들은 연극이 끝났는데도 무대에서 내려가지 않는 연극배우와 같다.

누가 나이 든 사람인가? 또 나이 든 사람은 어떻게 처신해야 하는가? 사람의 몸을 생각해보면 안다. 젊은 사람의 몸은 먹는 일을 중요하게 여긴다. 무엇이든 많이 먹고 싶어 한다. 그만큼 활동량이 많아 에너지가 필요하기 때문이다.

반대로 나이 든 사람의 몸은 먹는 일보다 배설을 중요하게 여긴다. 아니, 배설이 문제가 된다. 그러므로 먹는 것을 줄이고 조심해야 한다. 바로 이것이다. 몸이 나이 든 사람에게 요구한다. 내려놓을 것을 내려놓으라고. 채우기보다 버리기를 많이 하라고.

나이 들어 이것저것 욕심내고 여기저기 기웃거리는 건 좀 그렇다. 민망한 일이다. 그런 걸 노욕이라고 그런다. 나이 든 사람이면 문학상 같은 것도 자기들이 만들어서 젊은 사람에게 줄 줄 알아야 한다. 그것이 진정 나이 든 사람의 모습이다.

이미 심상치
않다

벌써 입동이다. 입동이란 겨울 절기에 들어선다는 말이다.
그렇지. 이제부터는 겨울이지. 그런데 아직도 모기들이 방 안
에 들어와 사람의 피를 구걸하고 다닌다. 무언가 달라졌어도
많이 달라진 현상이다.

어른들은 "모기는 상강만 지나도 입이 삐뚤어져 피를 빨지
못한다"라고 말하기도 했다. 그러니까 서리가 내리는 상강쯤
이면 모기가 죽는다는 말인데 요즘엔 입동에도 모기가 죽지
않고 날아다니니 어리둥절할 뿐이다. 그만큼 기후가 달라졌다.

적어도 우리나라 기후가 온대성에서 아열대성, 준아열대성

으로 바뀐 증거일 터다. 이걸 어쩌나? 탓해보아도 어쩔 수 없는 일이고 누굴 원망할 일도 아니다. 지구 형편이 그렇고 우리가 살아가는 환경이 그렇게 바뀐 거다.

어쩌면 지금은 이미 너무 늦었는지도 모를 일이다. 기울기 시작한 지구. 망가질 대로 망가지고 있는 지구. 지구를 위해 그걸 멈추게 할 수 있을까? 개인뿐 아니라 나라들도 쌓아둔 물질과 무기를 뽐내고 다투며 힘을 행사하기에 여념이 없다. 과연 그게 얼마나 갈 것인지!

나는 자연과학자도 사회학자도 아니라서 이 방면은 상세히 알지 못한다. 그러나 하나 짐작하는 건 있다. 우리나라 농촌의 논밭에서 미세동물이 사라진 시기는 1970년대다. 1973년쯤 농촌에서 미세동물이 깡그리 사라졌다.

땅강아지·귀뚜라미·메뚜기·방아깨비 같은 곤충에서 논에서 사는 우렁이·새우·붕어·미꾸라지 같은 수중생물까지 몽땅 죽어버렸다. 농약 때문이다. 농사를 잘 짓기 위해 살충제, 살균제, 제초제를 무작정 써왔는데 그것이 농사에 도움은 주었으되 더불어 살던 미세동물들을 몰아내는 폐해도 생긴 것이다.

하기는 그것이 과학이고 좋은 농사법이라고 말하면 더는 할 말이 없다. 오늘날 지구 날씨가 이렇게 변한 것도 실은 그간 인류의 삶과 무관하지 않다. 그저 잘살고 편리하기만 하면 무슨 일이든 망설이지 않는 인류다. 그 결과가 지금의 기후변화가 아닌가 싶다. 예상치 못한 질병이 유행하는 것도 그와 무관하지 않다.

매우 비현실적 안목으로 살아온 나 같은 사람이 볼 때도 지금 우리 삶은 지극히 정상적이지 않다. 지구 형편 또한 심상치 않다. 이제라도 멈추어야 한다. 잘살기를 포기하라는 말이 아니다. 그만큼에서 만족하라는 말이고 속도를 늦추자는 말이다. 이대로 가다가는 낭떠러지에서 추락하는 일만 있을 뿐이다.

임계점이란 것이 있다. 가장 가까운 예가 물이 끓어 수증기가 되는 온도인 섭씨 100도다. 이미 지구는 기울기의 임계점이 지났는지도 모른다. 1970년대 초 내가 논두렁길을 걷다가 논바닥에 허옇게 죽어 널브러진 미세동물들의 시체를 보면서 소름이 끼쳤던 순간이 떠오른다.

민들레와
꿀벌

날이 풀리고 햇볕이 따스해지면 온갖 식물이 싹을 틔우고 꽃을 피운다. 그런데 인간은 식물 앞에서도 철저히 자기중심적이다. 잡초네 화초네 왈가왈부하지 않는가. 그저 인간 편에서 화초로 보면 화초가 되고 잡초로 보면 잡초가 될 뿐이다.

봄에 가장 무성하게 자라는 풀은 민들레와 개망초다. 환영하지 않아도 풀꽃문학관 여기저기에 뿌리를 내리고 잘도 자란다. 특히 잔디밭 틈새에서 잘 자라는 것이 민들레다. 다 같이 초록이라 보통 때는 구별이 안 된다. 그러다가 꽃을 피우면 민들레는 사람 눈에 들킨다.

나도 꽃을 피웠어요! 손을 들면서 피어나는 것 같은 민들레꽃. 그런 민들레를 그냥 둘 수는 없는 일. 언젠가 나는 점심 무렵 잔디밭에서 민들레 몇 개를 호미로 캐어 그늘에 놓아두었다. 오후 늦게 그 민들레를 찾아갔을 때 놀라운 변화를 보았다.

글쎄, 뿌리 잘린 민들레가 그새 꽃을 피운 뒤 깃털 씨앗까지 매달고 있지 않는가! 이거야말로 경이驚異다. 모성의 거룩함이다. 죽어가면서까지 다음 세대를 온전히 준비하다니! 그 앞에서 나는 인간의 일을 반성했다.

과연 인간은 민들레만큼 자식 세대를 위해 봉사하고 희생하고 최선을 다하는가. 최근 빈번하게 일어나는 부모의 자녀 학대 사건이 떠오르면서 심히 부끄러웠다. 아이들에게 친절하지 못했던 젊은 시절을 뉘우쳤다.

그나저나 꿀벌 때문에 걱정이다. 아닌 게 아니라 문학관 정원에도 꿀벌이 많이 찾아오지 않는다. 봄에 가장 먼저 꽃을 피우는 건 매실나무와 산수유와 앵두나무다. 해마다 봄이면 그들 나무에 꿀벌이 날아와 붕붕거리며 꿀을 빨았다.

하지만 최근엔 꽃이 피었는데도 꿀벌이 오지 않는다. 왔다 해도 몇 마리 쓸쓸하게 오갔을 뿐이다. 언론 보도에 따르면 기후변화와 드론 방제 때 사용한 농약 원액이 꿀벌에게 치명적 영향을 주어 월동하는 동안 개체 수가 급격히 줄었단다.

요즘 나는 꿀벌을 걱정하며 문학관 정원을 오랜 시간 서성인다. 며칠 사이 새로 피어난 꽃은 산사나무다. 심은 지 몇 년 지나 제대로 자리 잡은 산사나무가 올해는 아주 많은 꽃을 매달았다. 새하얀 너울을 뒤집어쓴 것 같은 산사나무. 그 밑으로 간 순간 붕붕거리는 꿀벌의 소리가 들려왔다.

아, 꿀벌들이 돌아왔구나. 가슴속에 강물이 요동치듯 기쁨이 흘러내렸다. 얼마나 다행한 일인가. 내일도 또 내일도 산사나무꽃이 다 질 때까지 나는 문학관 정원의 산사나무 그늘 밑을 서성이며 꿀벌 소리에 귀를 모으고 또 모을 것이다.

인간화
시대

실상 나는 역사나 사회현실 같은 넓은 분야에 별로 관심이 없다. 젊은 시절부터 그랬다. 관심을 가진 건 나 자신의 감정 문제. 그런데 최근에 사회 현상이랄지 큰 세상에 관심이 생기기 시작했다.

젊어서 '헝그리맨'이던 내가 조금씩 '앵그리맨'이 되어간다. 그렇다고 격렬한 분노는 아니다. 다만 가슴 밑바닥에서부터 조용한 분노가 솟아오를 뿐이다. 분명 뒤늦게 드는 철이요 거꾸로 사는 사람의 인생이다.

뜬금없이 나는 요즘 시대와 사람의 관계를 생각해본다. 시대가 사람을 부르는 것일까, 아니면 사람이 시대를 만드는 것일까? 둘 다 답일 수도 있고 아닐 수도 있겠다. 적어도 내 생각은 이렇다. 시대가 사람을 부르고 사람이 시대를 준비하는 것이라고.

어느 때든 시대는 인간의 삶에 지대한 영향을 미친다. 특히 시대의 중심 가치가 무엇인지 아는 일은 무척 중요하다. 그 중심 가치가 인물을 부르기 때문이다. 또 인물은 그 중심 가치를 준비하며 살고 때가 오면 그 중심 가치에 반응한다. 그러할 때 성공한 사람이 나오고 지도자가 나오고 이른바 영웅도 나온다.

잠시 우리 역사를 돌아보자. 광복 이전에는 조국 광복과 민족 독립이 중심 가치였다. 광복 이후에는 국가건설이, 한국전쟁이 끝난 뒤에는 국가재건이, 4·19혁명과 5·16군사정변 후에는 경제화가 중심 요구였다. 이어 민주화가 중심 가치로 떠오르면서 인물을 불렀고 그들은 거기에 부응했다.

상당한 부침과 변화가 있었다. 이제 우리는 어느 정도 이 모든 시대적 소명을 실현했다고 본다. 민주사회의 가장 소중한 가치는 자유와 평등이다. 그중 자유 욕구는 어느 정도 충족했다고 본다. 이제 남은 것은 평등 가치, 즉 공평 가치를 실현하는 일이다.

요즘 사람들은 솔직하지 않은 것을 싫어하고 정의롭지 못한 것을 참지 않으며 특히 공정하지 않은 것에 화를 낸다. 이것이

요즘 사람들이 요구하는 중심 가치다. 또 이것은 시대가 요구하는 바람이기도 하다.

바야흐로 지금은 인간화 시대다. 인간을 향한 관심과 배려가 언제는 소중하지 않았을까만 특히 오늘날에는 더욱 폭넓은 관심이 필요하다. 모름지기 솔직담백해야 하고 정의로워야 하며 공평무사해야 한다. 그것이 지켜지지 않으면 그 누구도 가만히 있지 않을 것이다.

특히 앞서가는 사람은 이것을 놓치지 말아야 한다. 소아적 이득에 지나치게 얽매여 살면 안 된다. 세상을 넓은 안목으로 보려고 노력해야 하고, 타인을 위한 배려와 헌신이 있어야 한다. 그러할 때 사람들은 저절로 인정해주고 함께 가는 길을 허락할 것이다.

큰일
났다

노파심인가. 요즘 자꾸만 걱정이 늘어간다. 비가 오지 않는
것도 걱정이다. 풀꽃문학관 꽃들이 시들어가면 내 마음도 바
짝바짝 타들어 간다. 이러다가 정말 우리나라가 물 부족 국가
가 되는 건 아닐까, 걱정스럽다.

비 얘기가 나왔으니 말인데, 날씨 걱정이 그치지 않는다. 이
제 지구 전체의 기후 현상이 달라졌다는 건 누구나 아는 일이
고 체감하는 문제다. 일단 기후가 사나워졌다. 봄과 가을이 짧
아진 대신 여름과 겨울은 길어졌다. 봄과 가을이 실종됐다는
말이 나올 정도다.

그런가 하면 우리나라를 둘러싼 여러 가지 문제도 심상치 않다. 가장 큰 문제는 출산율 저하다. 이른바 저출산 고령화. 하기야 이것은 최근 문제가 아니라 오래된 문제다. 그런데 여전히 누구도 쉽게 답을 내놓거나 해결하지 못하고 있다. 사람들 각자의 인생관과 의식 구조, 삶의 환경이 여기에 영향을 주기 때문이다.

며칠 전엔 눈에 띄지 않았으면 좋았을 기사를 하나 읽었다. 미국 기업가 일론 머스크가 한 말이다.

"한국은 홍콩과 함께 세계에서 가장 빠르게 인구 붕괴를 겪고 있다."

섬뜩하고도 무서운 경고다. 2022년 경제협력개발기구OECD 국가 중 한국이 출산율 0.78명으로 최하위를 기록했다니 이를 어찌하면 좋단 말인가!

아기를 낳는 것은 지극히 개인적 일이다. 누가 나서서 이래라저래라 할 일이 아니다. 또 그것은 젊은 세대의 몫이다. 다만 나이 든 사람들은 걱정스러울 따름이다. 과거 우리 부모 세대는 자식 낳아 기르고 가르치는 일을 인생 최대 과업으로 알았다. 그걸 위해 살았다고 해도 과언이 아니었다.

우리 부모만 해도 6남매를 낳아 길렀고 처가댁은 9남매를 낳아 길렀다. 자식 많은 집안을 축복받은 집안, 번성한 집안으로 알아주는 한편 그런 집안 자식일수록 생활력이 강하고 형제

간 우애도 돈독했다. 이젠 두 자녀는커녕 한 자녀 집안이 늘고 무자녀 집안도 있다. 아예 결혼조차 하지 않는 젊은이도 많다.

우리나라 경제력은 세계 상위권에 속해 잘사는 축에 든다. 내가 보기에 지금 우리는 단군 이래 가장 잘살고 있다. 그렇지만 사람들은 자기가 잘산다고 생각하지 않는다. 만족이 없어서 그렇다. 만족 없음, 즉 불만족이 불행감을 불러온다.

이쯤에서 우리는 스스로를 돌아보고 가난한 마음을 되찾아야 한다. 가난한 마음이란 결코 초라한 마음이 아니다. 작은 것, 오래된 것, 흔한 것을 아끼고 사랑하는 마음을 말한다. 나부터 오만한 마음을 갖지 말아야 한다. 강연 요청이 오면 시간이 허락하는 대로 응해야 하고 강연료를 따지지 말아야 한다. '시인은 세상 사람들의 감정을 돌보는 서비스맨이다.'

그 마음 변치 말아야 할 일이다.

빨라도
너무 빠르다

　언제부터 우리가 이렇게 서두르고 조급해졌는지 모르겠다. 오늘날 한국 사회의 가장 큰 문제점 가운데 하나는 속도 제일주의, 그러니까 조급증이다. 도무지 진득하지 못하다. 무엇이든 빠르게 뚝딱 해치워야 직성이 풀린다. 참지를 못한다. 기다리지 못한다. 특히 남의 일에 관해서는 더욱 그렇다. 그냥 쉽게 결론을 내리고 돌아선다.

　우리가 예전에도 그랬을까? 내가 살기 이전 세상은 모르겠거니와 내가 어려서 보아온 세상은 조금은 여유가 있고 그윽한 정취도 있었다. 궁핍한 중에도 타인에게 좀 더 너그러웠고 자기 문제에도 오늘날의 우리처럼 과격하지 않았다. 산업화와 도시화의 영향일까. 우리는 자신들도 모르게 조급한 사람이 되었다.

우선 자동차가 달리는 것만 봐도 그렇다. 서울에서 저녁 행사를 마치고 후배 시인이 운전하는 자동차를 타고 고속도로를 이용하여 귀가한 적이 있다. 마침 밤이었고, 그 운전자가 조심스럽게 운전하는 사람이라서 한껏 속도를 낮추어 한참을 달렸다. 많은 차가 앞질러 달려갔을 것이다. 그런데 기름을 넣으려고 주유소에 차를 세웠을 때 한 경찰이 다가와 후배 시인을 불러세웠다.

"지나가는 자동차 운전자들이 신고해서 왔습니다. 혹시 약주를 잡수셨습니까?"

그는 음주측정기를 들이댔다. 결과가 술을 먹지 않은 것으로 나오니 다시 물었다.

"혹시 몸이 아프신 건 아닙니까?"

후배 시인이 그렇지 않다고 하니까 경찰은 조언 몇 마디를 남기고 자리를 떠났다.

"고속도로에서는 어느 만큼 속도를 내 달려주셔야 합니다. 그렇지 않으면 다른 자동차 운전자들이 신고합니다."

나는 옆에서 그 말을 들으며 착잡했다. 내가 보기에 정상 속도로 달린 것 같은데 그게 신고 대상이라니! 그러니까 정상적인 것이 비정상으로 통하고 비정상적인 것이 정상으로 통하는 실례라 하겠다. 이것이 우리가 사는 세상의 한 단면이다. 착한 사람, 정직한 사람이 바보 취급을 당하는 세상이라니!

자동차가 웬만큼 달려서는 달리는 느낌이 들지 않는단다. 갑갑해한다. 이건 너나 할 것 없이 마찬가지다. 날마다 사용하는 컴퓨터도 그렇다. 컴퓨터가 얼마나 빠르고 좋은 기계인가. 그런데도 컴퓨터가 느리다고 불평한다. 도대체 얼마나 빨라야 빠른 것이란 말인가. 가히 속도 불감증 수준이다. 일 처리 하나하나가 그렇고 현상이나 사건에 대응하는 방식도 모두 그렇다. 어쩌면 우리는 지금 자신이 어디를 향해 가는지도 모르고 그저 빨리만 가고 있는지도 모른다.

그렇다고 속도를 아주 내지 말라는 게 아니다. 다만 우리가 빠르다는 것을 알고 빨리 가자.

"아는 것은 안다고 말하고 모르는 것은 모른다고 말하는 것이 진정으로 아는 것이다知之爲知之 不知爲不知 是知也."

공자님의 말씀이다. 우리가 지금 충분히 빠르다는 걸 알면 속도를 저절로 조절할 수 있을 것이다.

무엇보다도 자신을 좀 살필 필요가 있다. 그런 다음, 자신이 원하는 것이 무엇인지 분명히 알아야 한다. 그래야 다음 방책과 문제의 해답이 나온다. 무조건 서두르고 빨리만 가자고 재촉할 일이 아니다. 오늘날 우리는 참으로 잘살고 있다. 그런데도 사람들은 부족감을 느끼고 불만을 말한다. 심한 경우엔 화가 나 있기도 하다. 여러 가지 이유가 있겠지만 그중 하나는 우리의 속도감 때문이지 않나 싶다.

"인생은 속도가 아니고 방향이다."

괴테의 충고다. 방향을 잘못 정하고 속도를 내면 망하는 길만 빨라질 뿐이다. 속도를 좀 줄이자. 쉽게 줄어들지 않겠지만 지금 내가 빠르다는 것을 알고 스스로 조절을 해보자. 그러다 보면 보이지 않던 풍경이 보이고 들리지 않던 소리가 들리지 않을까? 우리는 지금 빨라도 너무 빠르다. 그래서 어지럼증을 앓는 것이다.

거리두기

팬데믹 시대에 살아남는 방법 가운데 하나는 거리두기였다. 사람과 사람 사이에 일정한 거리를 두는 것이 코로나19 예방에 도움을 준다는 것이었다. 처음 이 말을 들었을 때 우리는 한동안 기분이 언짢았다. 그렇지 않아도 인간관계가 삐걱거리고 자꾸만 소원해지는 마당에 거리두기까지 하라니! 그게 어쩐지 지극히 비인간적 주문으로 들렸다.

그런데 막상 거리두기를 하며 살아보니 그럭저럭 살 만하다는 생각이 들었다. 무엇보다 인간관계가 고즈넉해졌다. 그동안 조금쯤 칙칙한 분위기나 느낌이 바뀌고 정갈해진 것도 사실이다. 아, 이런 세상도 있었나 싶게 차분해진 덕이다. 처음 생각과 달리 거리두기는 그런대로 쓸모 있는 삶의 한 방편 같아 보였다.

이쯤에서 생각해본다. 거리두기는 인간과 인간 사이의 사회적 거리두기뿐 아니라 세상살이 전반에 걸쳐 필요한 것이 아닐까. 우선은 나와 세상 사이에 거리두기가 필요하다. 나만 해도 그동안 세상과 지나치게 가까운 거리에서 살아왔다. 세상일 하나하나에 시시콜콜 관심을 갖고 거기에 일일이 반응하지 않았나 싶다.

조금쯤은 세상일을 멀리하며 살 필요도 있다. 즉각 반응하는 게 아니라 지그시 지켜보며 살 필요가 있다. 세상일에든 자연에든 자정작용이란 것이 있다. 시간의 법칙이란 것도 있다. 일단 시간을 두고 지켜보면 문제가 저절로 해결되고 제 갈 길을 가게 마련이다. 이것을 옛 어른들 말씀으로는 사필귀정이라는 말로도 표현한다.

그보다 더 중요한 거리두기는 자신의 삶과 거리를 두는 일이다. 인간은 너나없이 자신의 일에는 무관심할 수 없다. 이는 하나의 본성이다. 그렇지만 자신의 일에도 거리두기를 했으면 좋겠다. 이것은 자기 자신을 객관적 입장으로 보는 것인데 이는 쉽게 실천하기 어려운 문제다. 오랫동안 마음을 모아 연습해야만 그 가능성이 조금씩 열리기 때문이다.

어쩌면 이러한 거리두기는 누구에게나 가능한 일이 아닌지도 모른다. 우선 어느 정도 나이 든 사람이어야 하고 또 자기 인생을 성실하게 돌아볼 줄 아는 사람이어야 한다. 나는 나이 들면서 내 문제까지도 조금쯤 거리두기를 하며 사는 지금의 마음이 좋다.

제민천
물고기

우리 집에서 풀꽃문학관으로 가려면 언제나 제민천 길을 거쳐야 한다. 그 길은 늘 상쾌하다. 가끔 나는 자전거를 타고 가다가 멈춰 서서 제민천 개울을 들여다본다. 물고기가 있나 없나 살피기 위해서다. 놀랍게도 제민천에는 피라미며 모래무지까지 살고 있다. 그래서 간혹 청둥오리가 먹이를 찾아 제민천으로 날아온다.

오늘도 나는 제민천 가에 서서 물을 들여다봤다. 맑은 개울 속에 피라미 몇 마리가 떠 있었다. 위로 올라가지도, 아래로 내려가지도 않고 그 자리에서 고요히 헤엄치고 있었다. 따사

롭고 부드러운 가을 햇볕을 즐기는 몸짓인지도 모르겠다.

이런 때 사람들은 물고기가 그 자리에 그대로 멈춰 서 있다고 생각하기 쉽다. 언뜻 보기엔 그렇다. 실은 멈춰 선 것이 아니다. 물이 계속 아래로 흐르므로 물고기가 제자리에 있으려면 적어도 물의 흐름만큼 위를 향해 헤엄쳐야 한다.

그렇지 않으면 아래로 떠내려가고 만다. 죽은 물고기가 그렇다. 제민천의 물고기를 보면서 우리네 인간의 삶을 돌아본다. 적어도 현상 유지를 하려면 소비한 만큼 채워야 한다. 조금이라도 좋아지려면 소비를 넘는 생산이 있어야 한다.

이것도 하나의 교훈이고 지혜다. 우리는 최소한 죽은 물고기는 아니어야 한다. 그러려면 부단히 헤엄쳐 상류로 올라가야 한다. 제자리에 멈춰 서기만 하려 해도 물의 흐름만큼 노력이 필요하다. 젊은 친구들도 이것을 알았으면 좋겠다. 부디, 저 개울의 물고기가 멈춰 서 있다고 생각하지 않았으면 좋겠다.

맛집

내가 공주문화원장으로 일하면서 한 일 가운데 하나가 공주 지역 임명직 기관장 몇과 공주 지역 문화예술인들을 초청해 아침 산책 후 아침 식사를 하는 모임이다. 어느덧 10년을 넘기고 있는데, 참석한 사람들도 즐거워하고 주관자인 내 쪽에서도 매우 흡족한 모임이다.

물론 연락책임도 내가 지고 밥값도 내가 낸다. 그것이 불문율이다. 대개 아침 7시에 만나 공주 지역 관광지인 공산성이나 금학생태공원을 걷고 그다음 한 시간은 아침 식사 시간으로 할애한다. 이런 때 아침 식사를 할 만한 식당이 마땅치 않다. 흔히 기사식당을 활용한다.

그 과정에서 내가 배운 것이 있다. 현명한 식당 주인은 뜨내기손님보다 단골손님을 소중히 여긴다는 것. 몇 달에 한 번 찾아가는 우리는 비록 숫자는 많지만 뜨내기손님이다. 우리 팀에게 식당 자리를 내어주기는 하지만 식당 한구석 몇 자리만은 비워둔다. 단골로 찾아오는 운전기사들을 맞이하기 위해서다.

이 같은 식당 주인의 행동과 생각은 매우 현명하고 적절하다. 식당에 실질적으로 도움을 주는 사람, 식당을 살리는 사람은 뜨내기손님인 우리가 아니고 단골로 찾아오는 기사들이다. 다른 식당 역시 이 이치를 알고 이를 적용한다.

맛집으로 소문난 집은 더러 TV 방송에 나오기도 한다. 당연히 주인이 좋아할 일이다. 일단 방송을 타면 그 식당을 모르던 사람들까지 찾아와 줄을 서서 음식을 먹기 때문이다. 그런데 그런 이유로 방송에 나오는 것을 꺼리는 식당 주인도 있다고 한다.

방송에 나오면 당장은 손님이 늘어 좋을 것이다. 그렇지만 그렇게 찾아오는 사람은 뜨내기손님이다. 시간이 지나면 그들은 발길이 뜸해진다. 그 집 음식이 아무리 맛있어도 두 번 세 번 거푸 오지는 않는다. 그러면 일시적으로 북적거린 탓에 단골손님이 발길을 끊어 외려 망할 수 있다.

이런 연유로 자기네 식당이 TV 방송에 나오는 것을 꺼리고,

더러는 방송 출연을 거부하는 주인도 있다고 한다. 어찌 보면 이것도 하나의 지혜이고 현명이다. 식당 주인에게 소중한 상대는 철새인 뜨내기손님이 아닌 텃새인 단골손님이다. 그 평범한 사실에도 배울 점이 있다. 우리가 배울 점은 어디에나 있고 누구에게나 있다. 조심조심 살피면서 살 일이다.

타인인지
감수성

　오래전 일이 아니다. '성인지 감수성'이란 말이 나돌 때 저
것이 무슨 말인가, 의아하게 여긴 적이 있다. 나중에야 내막을
알고 그게 그런 말이었구나, 알게 된 일이 있다. 나같이 나이
든 사람은 언론매체에 떠도는 말을 자꾸만 배울 필요가 있다.
이제껏 전혀 들어본 적 없는 말들이 나돌기 때문이다.

　가령 인플루언서란 말도 그렇다. 인터넷 오픈사전을 들여다
보면 "누리소통망SNS에서 수만 명에서 수십만 명에 달하는 많은
팔로워를 통해 대중에게 영향력을 미치는 이들을 지칭하는 말"
이라고 설명이 나와 있다. 비로소 그렇구나, 고개를 끄덕인다.

더러는 중량감 있는 연예인이 사용하면서 번지는 말도 있다.

탤런트 김혜수가 사용한 '멋지다' '매력 있다'란 뜻의 '엣지 있다'라는 말이 대표적이다. 이 말은 영어와 우리말을 합한 합성어다. 영어 '에지edge(날카로움)에 우리말 '있다'를 합친 신조어다. 이른바 콩글리시인 셈인데 그 말이 참 재미있다. 언어란 그렇게 언어 대중, 즉 언중言衆의 뜻에 따라 만들어지고 사라진다.

나는 나이 들었어도 요즘 사람들의 생각이나 삶을 이해하고 따라가기 위해 끝없이 젊은이들의 말을 배우고 듣고 느낀다. 내가 볼 때 우리 인생은 명사로 시작해서 동사로 끝난다. 명사는 '무엇', 동사는 '어떻게'에 해당한다. 그러니까 무엇이 먼저란 얘기다. 그 '무엇'이 무언지 아는 게 인생의 시작이고 출발점이다.

그럼 앞서 꺼낸 '성인지 감수성'을 알아보자. 이 말은 '미투' 현상과 함께 새로 출현한 용어다. 미투는 본래 긍정적 의미의 말인데 활용 상황에서 부정적 언어로 바뀐 경우다. 그런 미투 현상과 더불어 새롭게 출현한 용어가 바로 성인지 감수성이다. 사전적 설명을 보면 "성별 간의 불균형에 대한 이해와 지식을 갖춰 일상생활 속에서의 성차별적 요소를 감지해내는 민감성"이라는 의미다.

차라리 나는 이 말 대신 '타인인지 감수성他人認知 感受性'이란 말을 새로 만들어 쓰고 싶다. 이제 세상은 내 입장만 고집하며 살 수 있는 곳이 아니다. 타인 입장을 십분 고려하며 살아야 한다. 그렇지 않으면 서로 팍팍해서 살 수가 없다. 타인을 배려하고 타인 시각으로 세상을 보는 자세가 시급히 필요하다.

환대하는
마음

환대, 참 좋은 말이다. '반갑게 맞아 정성껏 후하게 대접함.' 사람 사는 세상에 이보다 더 좋은 말이 어디 있을까. 우리 삶은 순간순간 사람과 사람의 만남으로 채워진다. 거기서 반가움과 고마움이 나오고 기쁨이 생긴다.

그런 만큼 만남은 매우 중요하다. 과연 어떤 만남이어야 할까. 서로 좋게 대하는 만남, 웃으며 밝은 마음으로 상대하는 만남이어야 한다. 적대감, 거부감, 혐오감이 든다면 차라리 만나지 않는 편이 낫다.

환대, 어쨌거나 사람과 사람이 만날 때는 서로 환대할 일이다. 내가 먼저 좋은 낯으로 밝은 마음으로 상대방을 대해야 한다. 우리 속담에도 "가는 말이 고와야 오는 말이 곱다"라는 게 있지 않은가. 타인에게 친절해서 나쁠 일 없고 부드럽게 말해서 욕먹을 일 없다. 그리고 웃는 얼굴일 때 상대방이 찡그릴 일 없다.

중학교나 고등학교 강연장에 들어갈 때 아이들이 환호하며 박수를 치면 대번에 기분이 좋아져 마음이 팽팽해지고 맥없이 풀렸던 다리에도 힘이 솟는다. 그럴 땐 한 시간 반이나 두 시간을 한자리에 꼿꼿이 서서 이야기하는 것도 거뜬히 해낸다.

스스로도 놀랍다. 이야말로 젊은 청춘들이 보내준 환대의 힘 덕분이다. 이 얼마나 감사하고 아름다운 일인가. 그렇게 나는 학생들에게 환대의 의미를 배운다.

환대하는 마음은 대중을 만나는 사람에게 특히 중요하다. 연예인이나 교육자나 서비스업에 종사하는 사람 말이다. 나같이 강연을 자주 하고 시를 쓰는 사람도 마찬가지다. 그들이 사람을 친절하고 부드럽고 밝게 대하면 세상이 더욱 밝아지지 않을까.

오래전 공연장에서 보았던 일이다. 한 유명 가수가 무대에 올라 노래를 불렀다. 그 사람은 약속한 만큼만 노래하고 앙코르를 거절한 채 자리를 떴다. 뒤이어 학생 몇몇이 몰려가 사인을 부탁하자 손사래를 치면서 사라졌다. 그러자 관중석 맨 앞

자리에 있던 사람들 입에서 험한 말이 나왔다.

"저 인간 다시는 부르지 마!"

정말로 자기만 생각할 일이 아니다. 타인 입장도 헤아려야한다. 다른 사람을 기쁘고 즐겁게 해주면서 사는 것도 좋은 삶이란 것을 알아야 한다. 그러할 때 나도 조금씩 기쁘고 즐거워질 것이고, 삶이 건강해지고 희망이 샘솟을 것이다.

멈출 때가 되면
멈출 줄 알아야

내가 사는 공주 지역에는 예술가가 많다. 그중에서도 유독 화가가 많다. 한국화가도 있지만 서양화가가 수적으로 우세하다. 내 또래 서양화가들도 있어서 더러는 그들의 작업실에 들러 그림 그리는 현장을 직접 살피기도 한다.

서양화가들은 오로지 한 작품만 작업하는 것이 아니라 작품 여러 개를 연달아 작업하기도 한다. 그림 재료인 유화 물감의 특성상 그렇다는데 한 작품에 칠한 물감이 마르기를 기다려야 하기 때문이다.

유화를 그리는 기법은 덧칠하는 것. 한 번 칠한 물감 위에 물감을 칠하고 또 칠해서 작품을 완성한다. 여기서 중요한 것은 물감칠을 얼마만큼 하느냐다. 그러니까 물감칠을 덜 할 수도 있고 지나치게 할 수도 있다.

초보 화가는 물감칠을 덜 하는 게 아니라 지나치게 해서 오히려 그림을 버리는 경우가 종종 있다고 한다. 그야말로 '과유불급過猶不及'이다. 공자님 말씀대로 "지나침은 모자람만 못하다." 바로 그것이다.

우리네 삶에도 지나쳐서 모자람만 못한 일이 얼마나 많은가. 어쩌면 우리 삶에는 그런 일이 태반을 차지할지도 모른다. 물질에 대한 끝없는 욕망. 자기만을 내세우는 끝없는 이기심.

요즘 문제가 심각한 아파트만 해도 그렇다. 자기가 살 집 한 채만 있으면 되었지 어찌하여 아파트 여러 채가 필요하단 말인가. 어찌하여 그 좋은 인생을 투기 인생으로 일관한단 말인가. 이거야말로 인생의 낭비요 치욕이다.

인간의 욕망은 속도 조절이 어렵고 브레이크가 잘 잡히지 않는다고 한다. 그게 인지상정이다. 하지만, 하지만 말이다. 설령 그럴지라도 멈출 때가 되면 멈출 줄 알아야 한다. 넘치도록 충분하길 바라지 말고 어느 정도 선에서 만족할 수 있어야 한다.

"스스로 만족함을 알면 욕되지 않고, 분에 맞게 머물 줄 알면 위태롭지 않다知足不辱 知止不殆."

노자의 말씀이다. 어찌 그뿐이겠는가. 우리 곁에 잠시 왔다가 떠난 성자 김수환 추기경은《탈무드》의 구절을 이야기하셨다.

"세상에서 가장 현명한 사람은 모든 것에서 배우는 사람이고, 세상에서 가장 행복한 사람은 자기가 가진 것에 만족하는 사람이고, 세상에서 가장 강한 사람은 자기 자신을 이기는 사람이다."

행복을
유예하지 말자

우리 속담에 "생일날 잘 먹으려고 이레를 굶는다"라는 말이 있다. 슬프고도 안타까운 말이다. 정말로 그런 시절도 있었다. 이제는 그러지 않아야 한다. 생일을 소중히 기념하고 그날 잘 먹으며 즐겁게 보내야 하는 건 맞다. 그러나 생일날까지 가는 이레도 소중하고 아름답게 보내야 한다.

특별, 특별, 그렇게 말하지 말자. 보통, 보통이 결국은 특별이다. "꿩 잡는 게 매"나 "모로 가도 서울만 가면 된다"라는 것도 극단으로 기운 불편하고 슬픈 말이다. 아무리 성공이 좋고 아무리 돈 버는 게 중요해도 그 방법이 나빠서는 안 된다. 어디까지나 과정도 선하고 좋아야 한다.

뭐니 뭐니 해도 우리의 삶의 목표는 행복이다. 어떻게 살면 행복할까? 어떻게 사는 것이 정말로 행복한 삶일까? 행복에 목말라하고 행복을 그리워하는 것은 동서고금과 세대를 통틀어 공통적인 일이다. 그렇다면 말이다. 진정한 행복이 무엇인가부터 짚고 넘어가야 할 일이다.

나는 행복이란 게 큰 것이 아니고 멀리 있는 것도 아니고 남의 것도 아니라고 본다. 공연스레 까치발을 딛고 부러워할 일이 아니라 자기 안에 이미 있는 행복을 찾아보아야 한다. 그러하다. 행복은 멀리에 있지 않고 큰 것에 있지 않다. 또 그것은 남의 것이 아니고 벌써 내 것이다.

무엇보다 행복은 기쁨에서 온다. 기쁨이 행복의 근원이다. 기쁘지 않아서 하루하루의 삶이 행복하지 않은 것이다. 기쁨은 만족에서 오고 만족은 감사에서 비롯된다. 그런데 우리는 살아가면서 내게 이미 있는 것에 감사하지 않고 만족하지도 않는다. 그 탓에 결국 행복의 씨앗이 싹트지 못한다.

우선은 자기 삶에 집중해볼 일이다. 일상적인 삶, 작은 삶, 순간적인 삶 말이다. 밥을 먹을 때는 딴생각하지 말고 밥 먹는 일에 집중하자. 먹을 수 있음에 감사와 만족을 느껴보자. 적어도 허기진 배를 채우는 만족이라도 있지 않을까. 그거면 족하다. 그것이 바로 행복의 씨앗이다. 이 씨앗을 가슴에 안고 키

워보자.

　그런 마음으로 자기 삶을 두루 살펴보면 작지만 소중하고 기쁜 일이 많이 보인다. 저녁에 집에 돌아와 잠을 자는 일, 친구와 만나 차 한잔 나누는 일, 아침에 일어나 새소리를 듣는 일 같은 소소한 일상이 다행스럽고 소중한 느낌으로 다가온다. 그것을 아끼고 사랑하고 만족하자. 이것이 곧 생활의 발견이다.

　절대로 행복을 유예하지 말자. 남의 것으로만 여기지 말자. 행복은 내 것이고 소소하지만 이미 내 가까이에 있는 그 무엇이다. 당신은 행복한 사람이고 또 행복해야만 하는 사람이다.

4부

글을

좋아하기 때문에

예쁜 말을 하면서 살 일이다. 좋은 말을 하면서 살 일이다.
남을 위하는 말을 하면서 살 일이다. 그럴 때 내게 좋은 일이 일
어나고 남에게도 좋은 일이 일어나고 세상일도 조금씩 좋은 쪽
으로 풀릴 게다. 네 말대로 되리라. 좋은 말이지만 무서운 말이
기도 하다.

늙은
시인

'시'는 젊은 시절의 전유물이라는 말이 있다. 실제로 젊어서 시를 잘 쓰던 시인도, 나이 들면 시가 잘 써지지 않는다고 말하기도 한다. 맞는 말인지도 모른다.

하지만 나는 꼭 그런 것만은 아니라고 생각한다. 나는 나이를 먹었어도 여전히 많은 시를 쓰고 있다. 한 해에 창작 시집을 한 권 내기도 하고 두세 권 내기도 한다. 별종이라 하겠다. 그 이유가 어디에 있는 걸까? 그것은 내가 젊은이들을 좋아하기 때문이다.

"아이들은 아이들을 보고/ 젊은이들은 젊은이들을 보는데/

자꾸만 노인들이 나를/ 흘낏거린다// 그렇지만 나는 아이들을 보고/ 젊은이들을 본다."(〈늙은 시인〉 전문, 《틀렸다》, 지혜, 2017) 내가 쓴 〈늙은 시인〉이란 시다. 정말로 그렇다. 나는 비록 늙었지만 늙은 사람들을 보지 않고 젊은이들을 보고 아이들을 본다.

그냥 젊은이들을 보고 아이들을 보는 것이 즐겁고 좋아서다. 아니, 그보다는 그쪽에서 마음의 빛이 오기 때문이다. 그건 하나의 축복이고 에너지다. 나는 그 빛과 축복과 에너지를 받아 시를 쓴다. 그래서 쓴 시가 많다.

젊은이와 아이를 좋아하는 것은 얼마나 좋은 일인가. 우선 나 자신이 젊어지는 느낌, 어려지는 느낌을 받는다. 이것은 삶의 의욕으로 이어지고 기쁨과 소망으로 이어진다. 그래서, 정말로 그래서 나는 노인이지만 노인보다 젊은이나 아이와 친하다.

내게는 만나서 이야기하고 느낌을 주고받는 여러 젊은 친구가 있다. 갓 대학에 들어간 친구도 있고 대학 졸업 후 고생하며 취업을 준비하는 친구도 있다. 또 직장에 다니는 사람도 있고 더러는 아이를 낳아 힘겹게 기르는 엄마도 있다.

그들과 소통하며 이야기하다 보면 그들의 삶과 생각이 고스란히 내게로 스민다. 덕분에 나이 든 몸이지만 젊고 어린 마음으로 돌아간다. 내가 어리거나 젊었을 때의 마음이 아니라 오늘날의 아이와 젊은이의 마음을 갖게 된다.

시인에게 이보다 더 좋은 일은 없다. 결국 요즘 내가 쓰는 시는, 거의 모두 나 혼자 쓰는 게 아니라 내가 아는 젊은이나 아이들이 도와주어서 쓰는 시다. 그만큼 젊은이와 아이들의 마음은 좋은 것이다. 미래지향적이고 밝고 아름답다.

의외로 요즘 젊은 세대는 솔직담백하다. 매사에 정직하고 분명하다. 가령, 서로 좋아서 일정 기간 사귀다가 문제가 생겨 헤어질 때는 상호 합의로 약속한 시간과 장소에서 만나 서로의 의중을 분명하게 밝히고 헤어진다고 한다.

우리 만남은 여기까지다. 서로 뒤돌아보지 말자. 뭐 이런 태도일 텐데, 나이 든 나는 이러한 태도가 도저히 이해가 가지 않는다. 내가 젊었을 때는 그냥 우물쭈물 뭉개고 말았다. 약속하고도 상대방이 나오지 않으면 거절하는 것으로 알고 돌아섰다.

이런 것 하나에서도 요즘 젊은이들은 꽤 선진하고 명쾌하고 밝다. 어른들은 그 점을 인정하고 또 배워야 한다. 나는 젊은 세대에게 많은 것을 배우고 받아들이려 애쓰며 살고 있다. 나쁘지 않은 일이다.

그중 하나가 젊은 세대의 말법이다. 요즘 사람들은 단어나 문장을 줄여 쓰거나 창의적으로 만들어 쓰는 경향이 있다. 말은 삶의 증거이자 마음의 거울과 같다. 말 속에 진정한 삶이 들어 있다. 누군가의 마음과 정신과 삶을 이해하려면 그 사람의 말을 이해해야 한다.

그 점에서 어른들도 가능하면 젊은 세대의 말을 이해하려고 애써야 한다. 서로 말만 통하고 이해해도 마음의 거리가 확 가까워진다. 요즘 젊은이들의 말이 외래어풍이라느니, 상스럽다느니 하면서 비난하거나 외면해서는 안 된다.

어쨌든 나는 요즘 젊은 세대의 말이 좋다. 젊은이들과 소통하는 게 좋다. 그러다 보니 자연스레 젊은이들의 말법으로 시를 쓰게 되고 그 시를 젊은이들이 자연스럽게 좋아하지 않나 싶다. 이것이 내가 나이 들어도 시를 많이 쓰는 까닭이요, 한 비결이다.

두 번은
없다

가끔 붓글씨를 쓴다. 시화를 만들 때 붓을 든다. 화선지에 짧은 시 한 편을 붓으로 쓰고 날짜와 내 이름을 적는다. 이름 아래에 다른 사람들이 그러는 것처럼 도장을 찍는다. 이른바 낙관이다. 이건 다 어깨너머로 배웠다.

그런데 낙관은 여간 신경 쓰이고 까다로운 것이 아니다. 우선 도장 찍을 자리를 잘 잡아야 한다. 또 도장 방향이 똑발라야 하고 찍힌 도장의 인주 색깔이 선명해야 한다. 그러기 위해서는 도장에 인주를 먹일 때 세심하고 고르게 먹여야 한다. 도장을 찍을 때도 중앙에 힘이 가도록 조심해서 눌러야 한다.

아무리 그림을 잘 그리고 붓글씨를 제대로 썼어도 정작 낙관을 바르게 찍지 못하면 시화가 망가진다. 후회막급이다. 도장 하나가 모든 수고를 헛것으로 만드는 것이다. 인생이든 세상일이든 처음과 중간도 중요하지만 마지막, 마무리가 중요하다는 말이다.

언젠가 세 사람이 시화를 함께 만들었다. 나는 글을 쓰고, 화가는 내 글을 토대로 그림을 그리고, 서예가가 그림 위에 내 글을 써넣는 방식이었다. 순서대로 화가가 바탕 그림을 완성하고 서예가에게 보냈다. 며칠 뒤 서예가가 글씨를 써서 내게 보내왔다. 시화에는 화가와 서예가와 내 이름이 나란히 적혀 있었다. 서예가의 이름 아래에는 이미 낙관이 찍혀 있었다.

이제 내가 내 이름 아래에 낙관한 뒤 화가에게 작품을 보내 화가의 낙관을 받는 순서만 남았다. 나는 제법 정성을 들여 그 낙관이란 걸 했다. 그런데 종이에서 도장을 떼었을 때 아차 하는 느낌이 왔다. 한쪽 구석이 흐릿하게 찍혔다. 어쩌지? 망설임 끝에 한 번 더 도장에 인주를 고루 먹인 다음, 그 위에 다시 낙관하기로 했다.

그것은 더욱 큰 잘못을 불러왔다. 꽤 정확히 자리를 맞춰 도장을 찍었지만 결국 두 번 찍힌 도장은 미세하게 어긋나 번진 것처럼 보였다. 더 아차 싶었다. 한 번 한 실수를 덮으려다 더 큰 실수를 불러온 꼴이다. 여기서 나는 큰 교훈을 얻었다. 하려면 처음부터 잘해야 한다는 것! 결코 두 번은 없다는 것!

이 세상 모든 일에 두 번이란 없다. 모두가 한 번뿐이다. 연습으로 해보는 일도 단 한 번이자 유일본이다. 노벨문학상을 받은 폴란드 시인 비스와바 쉼보르스카는 그녀의 시 〈두 번은 없다〉에서 이렇게 썼다.

"두 번은 없다. 지금도 그렇고/ 앞으로도 그럴 것이다. 그러므로 우리는/ 아무런 연습 없이 태어나서/ 아무런 훈련 없이 죽는다."(〈두 번은 없다〉 부분,《끝과 시작》, 최성은 옮김, 문학과지성사, 2016)

정신 차려서 살 일이다.

바로 그것이
되도록

교직 생활을 할 때의 일이다. 교직 말년에 8년 동안 교장으로 일했는데, 그때 나는 내 생각대로 여러 가지를 학교에 특별히 적용했다. 그중 하나가 공식 행사에서 내 이름으로 수여하는 모든 상장과 증서를 내가 직접 읽는 것이었다. 아니, 자기 이름으로 수여하는 상장과 증서를 자기가 읽는 것이 왜 특별한 일인가?

현장에서 그렇게 하지 않기 때문이다. 적어도 5·16군사정변 이전에는 수여하는 사람이 그런 문서를 직접 읽었다. 분명 학교에서도 교장 선생님이 직접 읽었다. 그러나 5·16군사정변 이후 사회자가 읽는 쪽으로 바뀌었다. 이것도 군사문화 가운데 하나다. 군사문화를 씻어야 한다면서 정작 이런 부분은 바로잡지 않은 것이다.

대신 읽는 것을 대독代讀이라고 한다. 본인이 없을 때 다른 사람이 대신 읽는 것을 말한다. 그럼 본인이 멀쩡하게 있는데 사회자가 대신 읽는 것은? 이거야말로 난센스요 해프닝이다. 하지만 누구도 그것을 이상하게 여기지 않고 멀끔하게 지나간다. 우리 마음속 깊숙이 파고든 허위의식 때문이다.

시를 오래 써온 나는 가끔 후배 시인들에게 '무엇무엇에 대해서' 쓰지 말고 '바로 그것'을 쓰고, 나아가 '바로 그것이 되도록' 쓰라고 말한다. 시인들의 시집 중에 진정성이 빠진 시가 있다. 바로 그것이 되도록 쓰지 않고 무엇무엇에 대해서 썼기 때문이다. 이런 시는 길이가 길고 수사나 표현이 현란하여 어지럽기조차 하다.

전설의 가인歌人 최백호 노래 중에 〈낭만에 대하여〉가 있다. 들을 때마다 소름이 끼칠 정도로 감동을 준다. 하지만 '대하여'는 거기까지다. 그것을 시에 대입하는 건 어불성설이다. 그러니 독자들이 시를 읽지 않고 시집을 손에 쥐지 않는 것이다.

손쉬운 예로 음식 이야기를 해보자. 다른 음식점에는 손님이 잘 드는데 유독 손님이 잘 들지 않는 음식점이 있다고 하자. 손님 탓인가? 음식점 주인 탓인가? 요리 연구가 백종원 씨에게 물으면 대번에 답이 나오리라. 거리에는 끼니때마다 배고픈 사람이 넘친다. 그런데도 손님이 들지 않으면 그것은 분명 음식점 주인 탓이다.

시집이 안 팔린다고, 독자가 없다고 세상과 독자를 탓할 까닭은 없다. 시인들이 시를 읽기 어렵게 쓰니 독자들이 시를 읽지 않는 것이요, 시집이 안 팔리게 만드니 시집이 안 팔리는 것이다. 남을 탓하고 세상을 원망할 일이 결코 아니다. 확대해서 우리네 인생을 두고 생각해봐도 그렇다.

더러 인생이 지루하고 따분하다고 말할 수 있다. 더러 인생이 고달프고 힘들다고 생각할 수도 있다. 나아가 인생이 불행하다고 절망적이라고 판단하고 싶을 때도 있다. 하지만, 하지만 말이다. 그것은 지나치게 바깥 풍경만 보고 하는 생각이 아닐까. 인생을 건성으로 살아서 그런 것이 아닐까.

어떤 인생, 그 누구의 인생도 가볍지 않다. 진지하지 않은 인생은 없고 아름답지 않은 인생은 없다. 남의 인생만 올려다볼 일이 아니다. 대중매체나 거리의 쇼윈도에 있는 인생은 결코 내 인생이 아니다. 그런 겉치레 인생, 가짜 인생에 속을 게 아니고 또 속지 말 일이다. 어디까지나 내 인생은 내 인생이다.

봄에 피는 꽃은 거의 노랑이다. 복수초, 영춘화迎春化, 개나리, 수선화 모두 노랑이다. 아니, 하얀색 미선나무도 있고 백매白梅도 있다. 다시 한번 기지개를 켜볼 일이다.

첫
시집

   사람은 살아가면서 첫 번째 경험을 중시한다. 첫사랑, 첫눈, 첫여름, 첫 만남, 첫 직장 등. '첫'이 들어간 말을 특별하게 생각한다. 시인들은 첫 번째 책을 소중하게 여긴다. 여기에 막강한 의미를 부여하며 기억 창고에 오래오래 간직한다.

   나는 1971년 《서울신문》 신춘문예에 당선돼 시인으로 데뷔했다. 오늘에 이르러 시력 54년. 이제는 우리 시단에 50년 넘은 시인이 부지기수이지만 개인적으로 나는 그 50년, 반세기란 말 앞에 눈물겨운 바가 있고 무릎을 꿇고 싶을 만큼 가슴 가득 밀려오는 감회도 있다.

지금까지 나는 창작 시집 50권을 출간했다. 그중 가장 의미 있고 가슴속 깊이 간직하고 있는 시집이 있다. 1973년에 출간한 첫 시집 《대숲 아래서》다. 신춘문예 당선작 제목도 '대숲 아래서'다. 그러니까 데뷔작 제목을 시집 제목으로 삼은 것이다.

사실 신춘문예 당선작 제목은 내가 지은 것이 아니다. 응모 당시 내가 지은 제목은 '소곡풍小曲風'이다. 애당초 '작은 노래 종류'라는 뜻으로 지은 제목이다. 그런데 선자選者 가운데 한 분인 박목월 선생이 그 제목을 바꾸어 '대숲 아래서'라고 지어 주셨다. 그러니 그 시는 나와 박목월 선생의 합작품인 셈이다.

시집 원고를 들고 가 서문을 청했을 때 선생은 흔쾌히 서문을 써주며 이런 문장을 딸려주셨다.

"묵은 가지에 열리는 그의 알찬 열매는 어느 것이나 오늘의 것으로서의 참신성과 신선미를 잃지 않고 있다. 그런 뜻에서 그의 작품은 누구에게나 친근감과 신선미를 베풀어주리라 확신한다."(〈서문〉 부분,《대숲 아래서》, 예문관, 1973)

아, 폭포수 같은 칭찬이라니! 결국은 온고지신溫故知新을 말씀하시는 것인데 나는 그걸 곧이곧대로 알아듣지 못했다. 살면서 뒤돌아보다가 아, 그 말씀이 바로 그 말씀이었구나 깨달았다. 역시 아둔한 인간은 오래라도 살아놓고 볼 일이다.

또 시집을 내면서 잊지 못할 분은 전봉건 선생이다. 당시 전봉건 선생은《현대시학》이란 시 잡지를 주관하면서 시집 출간 대행업도 하고 계셨다. 서울에서 시집을 내고 싶기는 한데 마땅하게 머리 둘 곳이 없었다. 내가 급한 대로 상의드렸을 때 역시 흔쾌히 시집 출간을 맡아준 분이 전봉건 선생이다.

시집은 당연히 자비로 출판했다. 처음엔 국판 120쪽에 중질지로 500부를 내기로 계약했다. 그런데 내가 중간에 억지를 부렸다. 종이를 백색 모조지 100그램으로 바꾸고 부수도 700부로 하자고 했다. 당연히 초과 금액을 드려야 했는데 전봉건 선생은 "나 형과 내가 그럴 사이가 아니잖소"라며 돈을 더 받지 않으셨다.

요즘 세상에도 그런 선배 문인과 스승이 계실까. 가끔 송구한 마음이 들어 후배나 동료에게 보다 잘하는 사람으로 살았으면 좋겠다는 생각을 해본다.

그다음으로 생각나는 분은 우리 아버지다. 우리 집은 워낙 가난해서 남아도는 돈이 없었다. 시집 제작비는 16만 원. 쌀 열 가마니 값. 나는 그 돈을 아버지에게 빌려 쓴 다음 할부로 갚았다. 아버지는 그 돈을 농협에서 빌려 내게 주셨을 것이다.

서천역까지 기차로 운송한 책을 택시에 실어 막동리 집으로 가져온 뒤, 마루 위에 놓고 첫 상자를 뜯었을 때 맨 처음 책을 사주신 분은 어머니였다. 어머니는 당신의 반짇고리에서 꼬깃꼬깃한 돈을 꺼내 내 시집을 사주셨다.

"내가 네 책을 처음 사주마."

어머니가 사주신 시집 가격은 700원이었다. 모두가 안쓰럽
고 아쉽고 아득한 대로 그리운 기억이다.

풀꽃
이름

오늘도 반나절을 풀꽃문학관에서 보냈다. 해마다 설날이 지나면 며칠씩 정원을 돌보는데 그 일을 하기 위해서였다. 무엇보다 참나무 잎새를 치워야 했다. 겨우내 꽃밭 위에 쌓인 참나무 잎새가 쉽게 썩지 않아 새롭게 싹트는 꽃을 방해할 수 있기 때문이다.

작업복 차림에 모자를 쓰고 마스크까지 써도 방문객들이 용케 알아보고 인사를 한다. 글쎄, 그럴 때 나는 글 쓰는 사람이 아니고 정원 일을 하는 사람인데 그냥 모른 체하고 지나가면 좋으련만, 꼭 인사를 챙기고 더러는 사진을 함께 찍자 한다.

책에 사인까지 청하기도 한다.

조금은 작업에 방해를 받기에 망설여지지만 먼 데서 모처럼 찾아온 정성을 생각하면 모른 척할 수 없다. 함께 사진도 찍고 장갑을 벗고 사인도 해주고 이야기도 나눈다. 세상에 공짜는 없는 법. 그렇게 이야기하다가 귀에 번쩍 뜨이는 말을 들을 때도 있다. 일종의 횡재다.

오늘이 딱 그랬다. 경기도에서 왔다는 젊은 여인네 둘과 이야기할 때다. 그 가운데 한 분의 이야기가 특별했다. 그녀는 내 시를 많이 읽고 있다면서 그중 시 〈풀꽃〉이 좋다며 자기도 풀꽃을 좋아한다고 했다. 그런데 그녀는 군이 풀꽃의 이름을 알려고 하지 않고 그냥 풀꽃 자체를 좋아한다고 했다.

풀꽃 이름을 알고 풀꽃을 보면 어쩐지 자기가 알고 좋아하던 풀꽃이 전혀 다른 것이 되어버리기 때문이란다. 그녀의 말을 듣는 순간, 나는 마음속으로 쾌재를 불렀다. 바로 이것이다. 그게 바로 시를 쓰는 마음이다. 애당초 시인이란 언어에 갇힌 본래의 의미와 본질을 찾아서 해방하고 확대하는 사람이다.

가령 여기 '아내'란 말이 있다고 하자. 아내는 남편에 맞서는 짝이지만 때로는 누이고 친구고 나아가 모친 같은 특성을 고루 지닌 사람이다. 그 사람을 아내라는 말로 규정하면 그 말은 그녀를 한정하고 틀에 가두고 만다. 내가 아내에 대해 시를 쓴다면 그것은 아내란 말 속에 숨겨진 보다 많은 의미를 찾아내는 작업일 것이다.

그것은 오늘 만난 그녀가 풀꽃에 보인 생각과 매우 비슷하다. 이렇게 나는 풀꽃문학관을 찾는 평범한 방문객에게서 많은 것을 새롭게 깨우치고 배운다. 이 얼마나 고마운 일인가. 이것은 내가 풀꽃문학관에 나가 반나절을 힘겹게 보낸 결과이자 일하는 중간에 장갑을 벗고 시집에 사인을 해주고 얻은 귀중한 소득이다.

그러고 보니 아내의 말이 떠오른다. 며칠 전 아내는 자기가 산책하는 길에서 본 예쁜 꽃이라며 휴대전화로 꽃 사진 몇 장을 찍어 내게 보여주었다. 한눈에도 그것은 봄마다 피는 흔한 풀꽃이었다. 꽃 이름은 큰개불알풀. 바닷빛 파랑으로 피어나는 꽃이 여간 예쁜 게 아니다. 꽃 이름을 알려주자 아내가 정색하며 뜨악한 표정을 지었다.

"무슨 꽃 이름이 그래요! 꽃이 이렇게 예쁜데 왜 꽃 이름을 그렇게 험하게 지었어요."

정말로 큰개불알풀의 꽃은 이름과 전혀 닮지 않았다. 이게 문제다. 이것이 언어에 갇힌 사물의 본질이요 진가다. 이것을 밖으로 꺼내주어야 한다. 그것이 바로 시를 쓰는 일이다. 긴 설명을 듣고 나서야 아내는 다소 안도하는 눈치였다.

나는 아내에게 다른 말도 들려주었다.

"그러게 말이오. 이해인 수녀님도 이 꽃 이름이 못마땅하고 상스러워 어떤 글에선가 큰개불알풀 대신 '봄까치꽃'이라 부르자고 쓰신 적이 있답니다."

내 말에 아내는 더욱 안도의 표정을 지었다. 그러하다. 봄까치꽃은 모진 겨울 추위를 이기고 양지쪽에 피어나는 꽃이다. 우리도 한 사람 한 사람 봄까치꽃이 될 필요가 있다.

봄은 혼자
오지 않는다

　요즘 풀꽃문학관에 조그만 변화가 일어났다. 문학관에 찾아오는 손님들에 관한 것이다. 찾아오는 손님들은 여성이 대다수고 멀리서 온 사람과 혼자서 온 사람이 많다. 여성, 멀리서, 혼자서, 이렇게 세 가지가 특징이다. 여기에다 나하고 개인적으로 친분이 없는 불특정 다수가 많다.

　그런데, 놀랍게도 그런 손님들치고 정서적으로 안정감이 떨어진다는 데 내 관심이 간다. 대뜸 자기 이야기를 늘어놓는데 보통 때 하기 어려운 사적인 이야기까지 한다. 그러니까 속내를 그대로 드러내는 것이다. 그러다가 왈칵 눈물을 쏟기도 하고 하소연하기도 한다. 사람들이 왜 이러는가? 놀라운 일이다.

그럴 때는 시를 쓰는 조그만, 한 시인으로서 어찌해야 할지 당황스럽기까지 하다. 점쟁이나 관상쟁이가 손님이 듣고 싶어 하는 소리를 골라서 해주는 것처럼 그들이 원하는 이야기가 무엇이고 도움 되는 말이 무언지 골똘히 생각하며 이야기할 수밖에 없는 노릇이다. 그러면서 시인의 사명감 같은 것을 은근히 다시 절감한다.

풀꽃문학관을 찾는 사람은 대개 고달픈 사람이다. 먹고사는 일로 몸이 고달픈 것이 아니라 마음과 영혼이 고달픈 사람이다. 그러기에 그렇게 먼 곳에서 혼자 풀꽃문학관까지 허위허위 찾아오는 것이다. 다만 나는 마음이 고달픈 사람이 그리 많다는 데 놀라는 한편 잠시 시를 생각한다.

우리 마음을 들여다보면 가장 깊은 곳에 영성(영혼)이 있고 그 둘레에 감성(감정)이 있으며 감정 밖에 지성(지식)이 있다. 시가 뿌리를 내리는 곳은 감성 부분이다. 감성이 영성(영감)과 지성(언어)의 도움을 받아 시가 이루어진다고 나는 생각한다. 그러기에 독자가 시를 그리워하고 시를 읽는 거라고 본다.

문제는 시가 항용 그렇게 독자들의 요구나 필요에 적극적으로 충분히 반응했는가에 있다. 실상 독자가 시인에게 바라는 것은 엉뚱한 곳에 있는 대단한 무언가가 아니다. 자기 마음을 좀 알아주고 고달픈 마음을 쓰다듬어 달라는 것이다. 이 대목에서 나는 다시 한번 가슴이 먹먹해지고 절망감에 휩싸인다.

내 시는 그런 소임을 다하고 있는가? 나는 그러한 시인인가? 인공지능AI이 인간이 하는 일 가운데 못하는 일이 없다고 한다. 인류가 인공지능의 지배를 받으며 사는 시대가 올지 모른다는 놀라운 소식까지 들려온다. 그렇지만 인공지능이 할 수 있는 건 제한적으로 지성(지식)의 영역일 뿐이다.

인공지능에는 감정이 있기 어렵고 영혼이 있기는 더욱 어렵다. 인간은 점차 육체적으로 더 안락해지겠지만 정서적으로 더 고달픈 신세를 면치 못할 것이다. 이러할 때 정말로 필요한 것은 정서를 달래주고 영혼을 감싸줄 한 줄의 언어요 시적인 표현이다. 그러기에 나는 인간이 인간인 이상 시는 절대로 망하지 않는다는 말을 서슴없이 하는 것이다.

문제는 시인에게 있다. 얼마큼 나 아닌 타인을 이해하고 타인과 공감하면서 그들에게 맞는 시적 언어를 선물하느냐에 있다. 그렇다. 선물이다. 선물은 대가를 바라고 주는 것이 아니다. 대가성 없이 공짜로 주는 것이 선물이다. 마땅히 시인은 세상 사람들에게 선물을 주는 사람이어야 한다. 봄은 올해도 혼자 오지 않는가 보다. 먼 데서부터 가슴 아픈 사람을 데리고 온다.

선순환

우리 속담에 "일한 끝은 있어도 논 끝은 없다"란 말이 있다. "선한 끝은 있어도 악한 끝은 없다"란 말도 있다. 다 같이 좋은 일을 하려고 노력하며 살자는 옛 어른들의 권유와 지혜가 담긴 말이다. 조금 더 나아가면 "사랑한 끝은 있어도 미워한 끝은 없다"가 되겠다.

인간은 본질적으로 이기적 존재다. 자기 본위적이다. 무슨 일을 당하든 자기 자신부터 챙긴다. 아무리 작은 것도 손해보려 하지 않고 남 뒤에 서려 하지 않으며 양보하려 하지 않는다. 여기서 분쟁이 생기고 불행이 나오고 사회적 혼란이 일어난다.

우리 속담에는 "가는 말이 고와야 오는 말도 곱다"란 말도 있다. 이것은 좋은 인간관계의 상호작용을 가르쳐준다. 이쪽에서 좋은 말을 보내면 저쪽에서 좋은 말이 온다. 이것이 바로 선순환이다. 누가 모르랴. 기왕이면 선순환이 좋다는 것을. 그렇지만 그 선순환을 실천하기는 쉽지 않다.

조금만 생각을 바꾸고 마음을 바꾸고 태도를 바꾸면 안 될까? 둘이 밥을 먹거나 차를 마시고 내가 그 돈을 냈다고 하자. 그때 내가 손해를 보았다고 생각하지 말고 상대방이 나와 함께해줘서 오히려 고마웠다고 생각할 수는 없을까?

정확히 말해 내가 치른 비용의 반은 나를 위한 것이다. 상대방이 나와 함께하지 않았다면 나는 자칫 밥을 혼자 먹을 뻔했고 차를 혼자 마실 뻔했지 않은가. 그러니 나와 함께 밥을 먹고 차를 마신 상대방에게 고맙게 생각해야 하는 건 아닐지.

내 책 가운데 《꽃을 보듯 너를 본다》란 시집이 있다. 이 시집은 일종의 선시집 형태로, 애당초 내가 창작 시집으로 세상에 내놓은 시를 읽고 독자들이 좋다고 여겨 인터넷에 올린 시들만 골라 만든 시집이다. 그래서 '인터넷 시집'이라 이름을 붙이기도 했다.

흥미롭게도 이 시집은 아주 많이 팔렸다. 팔려도 놀랄 정도로 많이 팔렸다. 나는 그 비밀이 문학작품 선순환에 있다고 본다. '시인→독자 → 다시 시인→다시 독자'로 이어지는 선순환 구조 말이다. 시인인 내가 좋다고 해서 좋은 것이 아니라 독자가 좋다고 해서 좋은 세계가 거기에 있었다.

이쪽에서 주먹을 내밀면 저쪽에서도 주먹을 내민다. 그것이 바로 악순환이다. 이 악순환의 고리를 끊어야 한다. 그렇지 않으면 평화도 없고 사랑도 없고 용서도 없고 아름다운 세상도 없다. 아무리 급하고 속이 상해도 주먹만은 내밀지 말자. 내밀더라도 조금 기다리고 참고 양보하자. 그 끝에 진정 아름다운 우리의 세상이 있으리라 믿는다.

내가
싫어하는 말들

글을 쓰는 사람으로서 되도록 예쁜 말, 고운 말을 골라서 쓰고자 노력한다. 그렇지만 일상생활에서는 그다지 말을 가리지 않는다. 언어 편식이 없다는 말이다. 다른 사람이 사용하는 말을 그대로 쓴다. 때로는 상스러운 표현도 서슴지 않는다. 젊은 세대가 사용하는 신조어나 유행어도 마다하지 않는다. 요즘엔 줄임말을 많이 쓰는데 여기에도 그다지 거부감이 없다.

그러나 그러한 내게도 싫어하는 말이 있다. 말 자체보다 그 말 뒤에 숨은 마음의 그림자, 삶의 태도 같은 것이 싫어서 더욱 싫어하는 말이다.

'먹튀'란 말. 오래전에 들은 말이다. 친분 있는 대학교수님 입에서 그 말이 나왔기에 '먹물이 튀었다'를 줄인 말인 줄 알았더니, 그게 아니라 '먹고 튀었다'란 뜻이란다. 아연실색할 수밖에 없을 수 없었다.

'금수저'란 말. 왜 그런 말이 나왔는지는 짐작이 가지만 그 말을 자주 쓰는 사람들을 보면 그 속내가 의심스럽다. 금수저가 도대체 무어란 말인가! 부모님에게 물려받은 재산이 많다는 걸 뻐기고 싶어서 하는 말이라면 정말 손절損切하고 싶다. 그런 말 때문에 가진 것이 부족한 사람들은 박탈감과 상대적 빈곤감을 더 깊이 느낀다.

'가성비價性比'란 말. '가격 대비 성능 비율'을 줄여 이르는 말이다. 물론 그렇게 사는 것이 영리하고 현명한 삶이다. 그러나 가성비만 추구하다 보면 지나치게 시장경제형 인간으로 살기 쉽다. 무엇이듯 성과 제일주의로 흐르기 십상이다. 아무리 물질만능 시대라지만 이렇게까지 해야 하는지 걱정스럽다.

'이생은 망했다'라는 말. 이 말은 한층 더 절망적이다. 더구나 사회 지도층 인사들에게 이런 말을 들을 때면 마음이 아프다 못해 무너져내리는 느낌을 받는다. 제발 그런 말은 참아주었으면 좋겠다. 왜 이번 인생이 망했는가? 이번 인생이 망했다면 다음 인생도 망한 인생이 된다.

아무리 부족하고 기울어진 인생이라 해도 우리네 한 사람

한 사람의 인생은 귀하고 아름답다. 절대로 포기할 수 없는 유일무이唯一無二한 내 인생. 어찌하여 포기한단 말인가! 끝까지 바들바들 떨면서 붙잡고 매달리며 자기가 하고 싶은 일들을 끝끝내 이루어나가는 것이 인생이다.

글씨 쓰는
즐거움

지금은 디지털 시대다. 컴퓨터와 휴대전화로 모든 의사소통이 가능하다. 자기표현 또한 충분히 할 수 있다. 더없이 신속하고 편리하다. 나 역시 SNS까지는 아니어도 의사소통을 하거나 글을 쓸 때 컴퓨터와 휴대전화를 이용한다. 이제 컴퓨터와 휴대전화는 메모장이나 집필 도구가 되었다. 그러니 펜이나 종이를 대신한다고 봐야 한다.

그래도 나는 손글씨를 좋아한다. 내가 쓰는 손글씨만이 아니라 남이 쓴 손글씨도 좋아한다. 그래서 나는 손글씨로 쓴 조그만 쪽지 한 장도 함부로 버리지 않는다. 고등학교 시절 아버지에게 받은 편지에서 월남 파병 시절 받은 팬레터, 어머니가 서툰 글씨로 쓰신 편지까지 고이 보관하고 있다.

이렇게 손글씨를 좋아하고 아끼는 내 마음은 평생 이어졌다. 그러다 보니 내게는 문인들의 육필이 많이 남아 있다. 박목월, 박두진, 신석정, 김규동, 김구용, 김남조, 박용래, 오현 스님 같은 선배 문인들의 육필이나 시화는 개인 자산을 넘어 풀꽃문학관의 소중한 자료가 되고 있다.

손으로 쓰는 것에는 두 가지가 있다. 베끼는 것과 새로운 글을 쓰는 것. 앞을 필사라 하고 뒤를 창작이라 한다. 우리말로 바꾸면 글씨 쓰기와 글쓰기일 것이다. 그 가운데 하나라 해도 좋고 그 둘을 합해도 좋겠다. 여하튼 쓰기. 쓰기란 손으로 직접 필기구를 잡고 종이에 글자 흔적을 남기는 걸 말한다.

쓰기는 아날로그 시대의 유산이다. 그래서인지 요즘 젊은 세대는 쓰기를 별로 선호하지 않는 것 같다. 한데 반대로 최근 손으로 쓰기가 새롭게 부활하는 경향도 보인다. 캘리그래피와 필사가 그것이다. 캘리그래피는 꽤 오래전부터 그 방면 마니아가 다수 생겨 전통 서예와는 다른 글씨 쓰기로 자리 잡았고 필사는 코로나19와 관련이 있다.

코로나19로 실내에 갇혀 살던 사람들이 무언가 유익한 일을 하며 혼자 시간을 보낼 방법을 찾다가 필사를 생각해냈지 싶다. 그 필요와 욕구를 눈치챈 발 빠른 출판사들은 필사용 책을 만들고 있다. 나만 해도 그렇게 만든 몇 권의 책이 제법 팔리고 있다. 이것도 변화한 세상에서 하나의 추세라면 추세라 하겠다.

나는 어려서부터 글씨를 잘 쓰지 못했다. 글씨를 쓰려면 마음이 떨리고 손까지 떨려서 글씨를 반듯하게 쓸 수 없었다. 스스로 악필이라 여겼다. 또 하나 원인을 찾자면 글을 쓰는 버릇에 있었다. 글을 쓰다 보면 생각의 속도와 글씨 쓰기의 속도가 맞지 않았다. 생각의 속도가 턱없이 빨랐던 것이다.

그런 까닭에 글씨가 엉망으로 나빠졌다. 악필을 넘어 해독하기조차 어려운 난필이었다. 오랜 세월을 그리 보냈다. 나는 글을 쓰는 사람이지 글씨 쓰는 사람이 아니다, 그렇게 핑계를 대면서 말이다. 그러다가 중년을 넘어서면서 글씨 쓰기에 다시 관심을 기울였다. 스스로를 반성하고 새롭게 손글씨 연습을 한 것이다.

되도록 천천히 글씨를 쓰자. 마음을 편하게 갖자. 남의 글씨를 따라서 쓰지 말자. 글씨를 잘 쓰려고 하지 말자. 손이 떨리면 떨리는 대로 그냥 놔두자. 그렇게 글씨를 쓰다 보니 그런대로 내가 쓰고 싶은 글씨가 쓰였다. 점점 손글씨에 관심이 갔다. 끝내는 붓을 찾아 붓글씨를 쓰기도 했다.

붓은 참 묘한 필기구다. 서양 필기구에 비해 뼈대가 없고 중심도 없다. 부들부들하다. 불편하고 불안한 필기구지만 바로 그 점만 극복하면 자유롭고 개성 있고 오히려 편안한 필기구다. 붓은 그 자체가 떨리는 필기구다. 그 떨리는 붓에 내 마음을 얹으면 도리어 떨리는 마음이 차분해진다. 그래 그랬을까. 나는 마음이 떨리면 붓을 잡고 글씨를 썼다.

붓이 가까이 없을 때는 붓펜으로 쓰기도 했다. 아예 나는 붓펜으로 글씨 쓰는 걸 즐기기까지 했다. 2007년 6개월 동안 병원에 중환자로 입원해 지낼 때도 붓펜을 손에서 놓지 않았다. 날마다 아침, 잠에서 깨어나면 우선 붓펜을 잡고 글씨를 쓰는 것으로 하루 일과를 시작했다. 부르르 떨리는 손. 그렇지만 첫 글자가 잘 써지면 안심하곤 했다.

아, 오늘도 내가 살아서 글씨를 제대로 썼구나. 그런 마음은 내게 자신감과 함께 삶의 용기를 주었다. 손으로 글씨를 쓴다는 것, 어쩌면 그것은 살아 있음 자체요 생명 감각의 표현인지 모른다. 글씨야말로 그 사람의 인격을 대신하는 하나의 증표다. 글씨가 정갈한 사람치고 인품이 고결하지 않은 사람을 나는 본 적이 없다.

마음이 어지러운 날엔 손으로 글씨를 쓸 일이다. 멀리 그리운 사람이 생각날 때도 손으로 글씨를 쓸 일이다. 그러다 보면 어지러운 마음, 흔들리는 마음이 조금씩 가라앉는다. 나는 독자들에게 사인해줄 때도 길게 길게 내 시를 적어준다. 그렇게 손으로 글씨를 쓰는 동안 내 마음이 독자들의 마음으로 옮겨가는 것을 느끼곤 한다. 이 얼마나 놀라운 일인가!

고서점

나는 어려서부터 예쁜 것들이 좋았다. 특히 예쁜 그림이나 사진을 보면 갖고 싶었다. 더구나 학용품이 궁하던 시절이라 필기구 욕심이 많았다. 차라리 그것은 궁기窮氣로 통하기도 했다. 내가 동화책을 처음 읽은 때는 초등학교 4학년이다. 서울에서 전학 온 강명구란 친구가 가지고 있던 강소천 선생이 쓴 《진달래와 철쭉》이었다.

글 쓰는 사람 되기를 소망한 것은 고등학교 1학년 때다. 무조건 책이 좋았다. 더 많은 책을 읽고 싶었다. 하지만 내가 접할 수 있는 책은 제한적이었다. 신간이 많지 않던 시절이다.

광고가 나오고도 한참 뜸을 들인 뒤에야 책이 출간됐다. 자연스럽게 발길은 고서점으로 향했다.

당시 내가 학교에 다니던 공주에는 고서점이 참 많았다. 고서점들을 돌면서 잡지를 뒤적이고 오래된 문학 서적을 읽었다. 때로는 그 자리에 서서 베끼기도 했다. 고서점은 내게 제2의 학교나 다름없었다. 그렇게 배워 시인이 되었다.

오늘에 와 가장 생각나는 책은 고등학교 1학년 때 서울 사는 외숙이 사준 《한국시인전집》(신구문화사) 다섯 권이다. 당시 외숙은 서울에서 남의 집에 살며 노동 일을 하고 있었는데 어린 조카가 사달라 조르니까 그 책을 사서 우편으로 보내주었던 것이다. 오늘에 와서 새삼 미안스러운 심정이다.

그다음으로 생각나는 책은 아버지가 사주신 것으로 이원섭 선생이 번역한 《당시唐詩》(현암사)다. 그것은 내가 신춘문예에 당선된 1971년 어느 날의 일이다. 내 몸이 좋지 않아 아버지가 나를 군산의 개정병원에 데려가셨는데, 그 틈에 내가 아버지에게 사달라고 조른 책이다. 군산서점이란 데를 찾아가 책 제목을 대자 서점 주인은 사다리를 놓고 천장 가까운 서가에서 그 책을 꺼내주었다.

그러한 책이 모두 내 글쓰기에 도움을 주었음은 물론이다. 하지만 내가 지금까지 산 모든 책을 끝까지 정성껏 읽은 것은 아니다. 내 책장에는 읽은 책보다 읽지 않은 책이 더 많다. 어떤 것은 내가 산 책인지 아닌지 의문스럽기도 하다. 그럴 때 나는 고개를 갸웃하며 내가 독서가인지 아니면 도서 수집가인지 생각해본다.

책 수집가라 해도 좋다. 책이란 제목만 읽어도 좋고 저자 이름만 알아도 좋고 서문이나 후기만 읽어도 좋은 것이 아니겠는가. 심지어 나는 책을 침대 머리맡에 두고 잠을 자면서 내가 잠든 사이 책 내용이 내 몸과 마음속으로 스며들기를 소망하기도 한다.

책과 함께 시간을 보내다가 책을 머리맡에 두고 잠을 잔 뒤, 잠에서 깨어 다시 책을 잡는 것이 내 일상이다. 초등학교 시절부터 지금까지 죽 그랬다.

그렇게 자주, 즐거운 마음으로 드나들던 서점에 요즘은 자주 가지 않는다. 필요한 책을 주로 인터넷으로 주문해서 읽기 때문이다. 그래도 가끔은 서점에 들러본다. 서울에 있는 교보문고 광화문점도 그런 곳 중 하나다.

서점 안으로 발을 들여놓으면 가슴이 벅차오르고 눈이 부셔온다. 심장박동도 발걸음도 빨라진다. 그럴 때마다 나는 나를 달랜다. 아니야, 지금 나는 서점이 아니라 숲속에 들어온 거야. 숨을 깊게 들이마시며 천천히 걸어야 해. 저기 서가에 꽂혀 있는 책은 모두 나무야. 나무가 몸을 바꾸어 책이 된 거야. 그러니까 천천히 걸으면서 나무들을 감상해야 해. 나무들과 대화해야 해.

실제로 교보문고는 내게 행운을 안겨주었다. 교보문고가 분기별로 내거는 광화문 글판 말이다. 2012년 봄 편에 게시한 내 시 〈풀꽃〉 덕분에 나는 '풀꽃 시인'이란 닉네임을 얻었고 오늘날 제법 행세하는 시인이 되었다. 이럴 때 내가 거듭 새겨보는 말이 '빈이무첨 부이무교'다. 이제 내가 책이 좀 팔리는 시인이 되었다 해도 잊지 말아야 할 일이다. 고서점을 힘겹게 돌며 마분지에 시를 베끼던 나와, 병원 가는 길에 불평 없이 책 한 권을 사주신 아버지의 그 마음을!

실험적 삶의
기록

열다섯 살부터 시인이 되기를 꿈꿨다. 수많은 문학 서적을 읽었다. 시집뿐 아니라 소설집, 동화집, 수필집, 평론집, 화집까지 수월찮게 탐독했다. 그런데 돌이켜보니 기억에 뚜렷이 남은 책이 그다지 많지 않다. 내 인생에 영향을 준 책을 고르라면 아슴아슴하다. 두 손 손가락으로 꼽을 정도다. 실상 좋은 책이 그렇게 많지 않기 때문이다.

하지만 사람이 죽을 때까지 읽지 않으면 다시금 사람으로 태어나서라도 읽어야 하는 책이 있다. 공자의 《논어》, 노자의 《도덕경》, 일본 사진작가 후지와라 신야의 《인도방랑》 그리고 미국 사상가 헨리 데이비드 소로의 《월든》이다. 나는 이 책들을 밑줄을 그으며 읽었다. 내 나이 쉰 살. 시의 밭이 묵정밭이 되었을 때, 지금까지 살던 대로 살지 않고 반대로 살리라 마음 먹었을 때였다.

《논어》는 내 인생 지침서로 내게 처세를 가르쳐주었다. 누구나 평생을 두고 조금씩 읽으며 가슴에 새길 내용이 담긴 책이다. 《도덕경》은 인생살이를 깊게 해주고 여유를 선물한다. 돌아서 가도 제대로만 가면 된다는 위로와 확신을 준다. 《인도 방랑》은 세상을 새롭게 바라보고 접근하는 방법을 알려준다. 사물을 보는 방법뿐 아니라 자기 내면을 들여다보는 시야를 열어준다.

《월든》은 내 인생에 지대한 영향을 끼쳤다. 100년도 훨씬 전에 옛날 미국 동부에서 살았던 괴짜 사상가 헨리 데이비드 소로가 쓴 책이다. 그는 돌연변이요 시대의 반항아요 생의 실험가였다. 스물여덟 살에서 서른 살까지 월든 호숫가에 오두막집을 짓고 그곳에서 홀로 지냈다. 그 실험적 삶의 기록이 바로 《월든》이다.

수많은 시집을 읽었지만 《월든》의 문장보다 시적인 문장은 없다. 그의 문장을 읽으면서 내 시가 초라하고 불쌍하게 느껴진 적이 있었다. 왜 그런가? 그의 문장에는 진심이 있고, 신선함이 있고, 탐구가 있고, 발견이 있기 때문이다.

내가 《월든》을 읽지 않고 막막한 시절을 보냈다면 지금의 나는 없을 것이다. 쉰 살이 넘어 쓴 내 시들도 존재할 수 없다. 심히 고맙고 감사한 일이다. 생애를 두고 다시금 읽고 싶은 책을 말하라면 나는 서슴없이 책장에서 《월든》을 뽑아 손에 쥐리라.

소월
시인

한국 시인 가운데 그 대표작을 꼽기 어려운 시인을 고르라면 나는 서슴없이 김소월 시인을 든다. 작품이 수준 미달이어서가 아니라 완미完美하고 빼어난 작품이 많아서 그렇다.

김소월 시인의 대표작을 꼽으라면 어쩔 수 없이 복수로 대답하는 도리밖에 없다. 〈산유화〉〈진달래꽃〉〈초혼〉이라 말하고 나서 한참 뒤에 〈엄마야 누나야〉를 말하겠다.

〈엄마야 누나야〉는 김소월 시인이 스무 살이던 1922년 1월 월간지 《개벽》 제19호에 발표한 작품이다.

"엄마야 누나야 강변 살자,/ 뜰에는 반짝이는 금모래 빛,/ 뒷문 밖에는 갈잎의 노래/ 엄마야 누나야 강변 살자."

시인의 여러 작품은 다분히 비애감에 젖어 있는데 이 시는 해맑다. 동요 같다. 이상향을 향한 그리움을 담고 있다. 노래로 만들어져 많은 사람이 애송하고 있다. 남녀노소 가리지 않고 한국인이 좋아한다.

김소월 시인은 한국시의 싹이 자라기 시작하던 모판 상태에서 출발한 시인으로, 좋은 작품을 많이 남겼다. 눈부신 신화적인 시인이다. 그러나 평생 일이 잘 풀리지 않아 불행하게 살았다. 나도 외가에서 태어났는데 김소월 시인도 외가에서 태어났다. 그는 두 살 때 아버지가 일본인한테 폭행을 당해 정신이 상자가 되어 할아버지 밑에서 자랐다.

김소월 시인은 열네 살 때 손위 여자와 조혼했다. 오산학교를 졸업하고 일본에서 유학 생활을 했으나, 관동대지진으로 공부를 포기하고 귀국해 여러 일에 손을 댔다. 그러나 하는 일마다 실패했다. 할아버지를 도운 광산업, 땅을 팔아 차린 동아일보사 지국. 실의에 빠져 술을 마시고 한숨을 쉬며 살다가 결국 그는 서른두 살 때 아편을 먹고 음독자살했다. 아내에게 같이 죽자 했으나, 아내는 4남 2녀 자녀들 생각에 차마 그러지 못했다고 말했다.

사실 김소월 시인은 복이 많았다. 그의 할아버지는 그에게 한문을 가르쳐준 스승이었고, 숙모는 옛이야기를 들려준 분이었다. 오산학교에 다닐 때는 시인 김억 선생과 당시 교장선생님이던 조만식 선생이 그의 평생 마음 지킴이였다.

김소월 시인에게 시를 가르쳐준 사람은 김억 시인이다. 두 사람의 시는 소재나 분위기, 제목이 더러 엇비슷하다. 그래서 김억 시인의 시와 김소월 시인의 시를 견줄 수는 없다. 청출어람靑出於藍이란 말이 절로 나온다. 스승 김억의 보람이요 시인 김억의 굴종이다.

지금까지 내가 가장 좋아한 시인은 김소월이고 가장 좋아한 가수는 이미자 씨다. 두 사람의 시와 노래는 쉬운 것 같지만 쉽지 않다. 그들은 피하고 싶지만 피할 수 없이 나를 따라다니는 그림자와 같다.

세상을
떠난 뒤

몇 해 전, 중학생들을 상대로 문학강연을 했다. 그때 학생들에게 윤동주 시인의 생애와 시를 설명했다.

"얘들아, 윤동주 선생은 1945년 2월 16일 일본 사람들에게 고문을 받다가 억울하게 감옥에서 돌아가셨단다. 내가 어떻게 그분이 돌아가신 날짜를 기억하겠니? 내 생일이 1945년 3월 16일인데, 윤동주 선생이 돌아가시고 나서 한 달 뒤라 소상히 아는 거란다."

나는 윤동주 선생을 좋아하지만 인연이 별로 없다. 그래서 아이들에게 내 생일과 윤동주 선생이 별세한 날을 짝 맞추어

이야기한다. 또 윤동주 선생과 나태주 이름자 끝이 '주'라는 것을 알려준다. 일종의 개그다.

언젠가 이렇게 말하니 한 아이가 손을 번쩍 들고 일어나 말했다.

"윤동주 시인은 죽지 않았습니다."

나는 되물었다.

"그래? 윤동주 선생이 어떻게 죽지 않았지?"

그 아이는 이렇게 답했다.

"윤동주 시인이 제 마음속에 살아 있기 때문입니다."

이 말을 들은 아이들은 와, 하고 소리를 내며 요란스럽게 손뼉을 쳤다. 아이는 제가 말해놓곤 스스로 놀라는 표정을 지었다. 어리둥절해하는 아이와 다른 아이들에게 나는 말해주었다.

"그래, 네 말이 맞아. 윤동주 선생은 이미 죽었지만 우리 마음속에 살아 있지. 우리가 그의 시를 잊지 않았으니 그는 돌아가시지 않은 거야."

참으로 놀라운 합의요 감동적 발견이다. 이미 죽어 세상에 없지만, 그의 생애와 예술작품은 마음에 있기에 죽지 않고 살아 있다는 것! 이것이야말로 시인의 영광이요 시인이 죽어도 오래 살아남을 수 있는 유일한 길이지 않은가. 진정 좋은 시인은 육신이 사라져도 작품으로 기억되어 오랫동안 살아 있는 사람이다.

이런 생각을 하면 아찔하다. 내가 세상을 떠난 뒤 내 작품은 얼마 동안 사람들 마음속에 살아남을 수 있을까? 나는 대답할 수 있어야 한다.

네 말대로
되리라

예부터 '시참詩讖'이라는 말이 있었다. 시를 쓴 대로 된다는 말이고 글을 조심해서 쓰자는 말이기도 하다. 참 묘한 일이다. 자기가 쓴 글대로 인생을 살다니! 조금은 두려운 일이기도 하다.

우선 윤동주 시인의 시편들이 시참에 해당한다. 가령 〈서시〉의 첫 구절 "죽는 날까지 하늘을 우러러/ 한 점 부끄럼이 없기를/ 잎새에 이는 바람에도/ 나는 괴로워했다"가 그러하고, 〈별 헤는 밤〉의 마지막 구절 "그러나 겨울이 지나고 나의 별에도 봄이 오면/ 무덤 위에 파란 잔디가 피어나듯이/ 내 이름자 묻힌 언덕 위에도/ 자랑처럼 풀이 무성할 게외다"가 바로 그러하다.

이런 구절들은 꼭 당신의 인생과 이후의 모습을 그대로 예언한 듯하다. 역시 요절한 기형도 시인의 시집 제목 '입 속의 검은 잎'도 여기에 해당한다.

그런가 하면 사람들은 대중가요에서도 이런 사례를 종종 본다고 입을 모은다. 그 대표적 사례가 차중락의 〈낙엽 따라 가버린 사랑〉이고 김정호의 〈하얀 나비〉이고 송민도의 〈산장의 여인〉이다. 이러면 노래 하나도 제대로 부르기 어렵다고 말할지도 모르겠다.

이것은 인간의 말에 예언 기능과 미래를 구속하는 놀라운 기능이 있음을 보여주는 실례다. 어쨌든 글을 쓰더라도 조심해서 쓰고 좋은 내용으로 쓰고 밝은 내용으로 쓸 일이다. 일상생활에서 사용하는 말은 더할 나위가 없다.

보다 넓은 의미로 '언참言讖'이라는 말도 있다. 이것은 언어의 예언 기능을 더욱 강조하는 말이다. 일상생활에서 사용하는 말이 그대로 다음 인생에 반영된다는 것이다. 얼마나 무서운 일인가. 여기에 따라붙는 것 중에 저주란 말이 있다. 타인에게 불행이 일어나도록 빌고 바라는 마음이 그것이다. 이러한 마음은 아주 나쁜 마음이다. 있어서는 안 되는 마음이다.

바라거니와 되도록 예쁜 말을 하면서 살 일이다. 좋은 말을 하면서 살 일이다. 남을 위하는 말을 하면서 살 일이다. 그럴 때 내게 좋은 일이 일어나고 남에게도 좋은 일이 일어나고 세상일도 조금씩 좋은 쪽으로 풀릴 게다. 네 말대로 되리라. 좋은 말이지만 무서운 말이기도 하다.

큰 뜻

이것도 나이 탓인가 모르겠다. 누군가가 내게 우리나라 역사 속 인물 가운데 가장 좋은 분이 누구냐고 물으면 나는 선뜻 단군과 세종을 말하겠다. 다른 이유가 있기 때문이 아니다. 다만 그들과 관련된 두 개의 단어 때문이다. 홍익인간弘益人間과 훈민정음訓民正音.

'세상을 널리 이롭게 하라'라는 뜻의 '홍익인간'이란 말은 생각할수록 그 뜻이 깊고 멀고 아름답다. 세상에 그 말과 그 말의 의도보다 더 원대한 것은 없다. 단군이 신화 속 인물이라 해도 좋다. 역사 속 인물과 사건, 내용은 어차피 언어로 기록

되어 후세에 남는 것이니까.

홍익인간이란 말은 인생의 길을 알려준다. 가장 좋은 인생의 길이다. 가장 후회 없을 인생의 길이다. 가장 먼 길이다. 얼핏 우리네 삶은 자기만을 위한 것 같지만 그렇지 않다. 타인과의 협동과 어울림 없는 삶은 무의미하다. 더구나 타인을 사랑하지 않는 삶은 허무하다.

'훈민정음'은 '백성을 가르치는 바른 소리'라는 뜻으로 곧 한글을 말한다. 한글을 창제한 세종의 그 큰 뜻은 특히 글 쓰는 사람, 앞서가는 사람, 지도자가 반드시 유념해야 한다. 여기에는 더불어 살고, 자신보다 타인을 살피고, 뒤진 사람을 무시하는 게 아니라 보살피라는 당부의 뜻이 담겨 있다.

나는 시를 쓰는 사람이다. 시를 쓰면서 나는 세종의 마음을 많이 생각한다. 가슴에 품는다. 중국 글자가 어려워 그걸로 자기 생각과 마음을 표현하지 못하는 백성이 많으므로 스물여덟 글자를 만들어주니, 그것으로 편하게 자유롭게 사용하기 바란다는 그 말씀! 아, 그 벅찬 당부!

이보다 더 위대한 말씀이 또 어디 있단 말인가. 이보다 더 간절한 사랑이 또 어디 있단 말인가. 정말로 나는 세종의 그 말씀, 훈민정음의 그 뜻을 가슴에 새기며 시를 쓰고 싶다. 남은 생애도 러브레터를 쓰는 심정으로 시를 쓰면서 조그만 시인으로 살고 싶다.

단군과 세종이 우리의 조상이라는 건 우리의 자랑이자 긍지이며 힘이다. 진정 아름답고 위대한 분들의 참으로 좋은 가르침을 외면하는 것은 더없는 어리석음이다. 홍익인간과 훈민정음. 그 뜻을 가슴에 안고 살아가자. 부디, 나부터 그렇게 할 일이다.

톨스토이에게
배우다

젊은 시절 나는 시인 지망생이었기에 소설을 많이 읽지 못
했다. 국내 소설은 어느 정도 읽었지만 외국 소설은 거의 읽지
못했다. 더구나 장편소설은 언감생심이었다. 하지만 나는 일
찍이 톨스토이에게 관심이 많았다. 소설보다 그의 사상과 인
생관이 마음에 들었기 때문이다.

"가장 곤란하나 가장 본질적인 것은 생을 사랑한다는 것이
다. 괴로울 때도 사랑한다는 것이다. 생은 모든 것이다. 생은
신神이다. 생을 사랑함은 신을 사랑하는 것이다."(한하운,《황톳
黃土길》, 신흥출판사, 1960)

이것은 나환자 시인 한하운이 지은 책《황톳黃土길》에서 읽은 글이다. 이 문장은 톨스토이의 장편 소설《전쟁과 평화》에 나오는 것으로 한하운 시인이 자필로 영어 원문을 베끼고 우리말로 번역해 책 첫 쪽에 실은 것이다. 나는 이 글을 고등학생 때 읽었는데 그 여운이 오랫동안 지워지지 않았다.

톨스토이는 세계적 문호이고 한 시절 "러시아에는 황제 차르와 톨스토이가 있다"라고 말할 정도로 군중적 지지를 얻은 인물이다. 귀족 집안에서 태어난 그는 서른 살 이전까지만 해도 어지럽고 방탕한 삶을 살았다. 그러다가 서른네 살에 열여섯 살 연하인 아내 소피아와 결혼하고 나서 아이 열세 명을 낳고 평생 수많은 명작을 집필했다.

그런 톨스토이의 삶 가운데 내게 가장 큰 시사示唆를 준 것은 쉰 살 무렵의 회심回心이다. 그가 자기 인생에 강한 회의와 좌절을 느낀 뒤, 지금까지의 삶을 철저히 반성하고 인생의 터닝포인트를 열어간 점은 감동적이다. 누구든 한 생애를 살면서 회심의 기회를 얻는 건 축복이요 행운이다.

공자님은 나이 쉰 살이면 지천명知天命이라 했다. 인도인의 인생 4단에서도 쉰 살은 학습기와 거주기를 거쳐 산림기, 그러니까 자신의 본질을 찾아 숲속에 들어가 수행 생활을 시작하는 나이다. 회심의 시간을 보낸 톨스토이는 책《참회록》을 썼고 그 이후 이전과 전혀 다른 삶을 살았다.

그의 생애는 82년이다. 그런데 오늘날 명작이라 불리는 그의 작품은 대부분 회심의 시간 이후에 쓰였다. 실상 인생의 핵심은 청소년이나 청년기, 즉 전반에 있지 않고 장년기나 노년기인 후반에 있다. 그래서 공자님도 대기만성大器晚成이란 말을 했다. 속된 말로 끗발이 좋아야 진정 좋은 것이다.

젊은 시절의 성공은 진정한 성공이 아니고 젊은 시절의 명예도 진정한 명예가 아니다. 그것은 매우 가볍고 위험한 성공이요 명예다. 그런데 우리 사회는 젊은 시절의 성공과 명예에 지나치게 얽매인다. 조금은 느슨하게 기다리고 참으면서 뒷날을 도모해야 한다. 지금 당장 잘 풀리지 않는다고 쉽게 포기하거나 주저앉아서는 안 된다.

나는 지금도 학교로 문학강연을 나가면 학생들과 톨스토이 이야기를 많이 나눈다. 세상에서 가장 아름다운 것 세 가지와 세상에서 가장 소중한 것 세 가지 이야기다. 세상에서 가장 아름다운 것 세 가지. 첫째는 어린아이, 둘째는 장미꽃, 셋째는 어머니 마음이다. 이 가운데 끝까지 아름다운 것은 무엇일까? 물으면 아이들은 곧잘 정답을 댄다. 어머니 마음. 왜인가? 시간이 지나면 어린이는 늙고 장미꽃은 시들지만, 어머니 마음은 시간이 지나도 변하지 않으니까. 참으로 거룩한 이야기다.

세상에서 가장 귀한 것 세 가지는 또 어떤가? 첫째가 지금, 여기. 둘째가 옆에 있는 사람. 셋째가 그 사람에게 잘하는 것.

이 얼마나 단순 명쾌하면서도 놀랍도록 소중한 지혜인가! 그럼에도 우리가 이걸 일찍이 알지 못하고 실행하지 못해서 스스로 불행하지 않았는가 말이다! 흔히 늦었다고 생각할 때가 가장 빠른 때라고 한다. 지금부터라도 그래 보아야 할 일이다.

꿀벌의
이유

"누군가 죽어서/ 밥이다// 더 많이 죽어서/ 반찬이다// 잘 살아야겠다."(〈생명〉 전문,《풀꽃 향기 한 줌》, 푸른길, 2013) 내가 오래전에 쓴 〈생명〉이란 시이다. 아닌 게 아니라 우리 생명은 누군가의 생명 위에서만 생명이다. 다른 생명의 희생을 담보로 한 산 제사요, 가건물 같은 것이다.

공기나 물을 제외한 음식은 무릇 다른 생명의 목숨을 빼앗아야만 가능하다. 그런데 다른 생명의 목숨을 빼앗지 않고도 가능한 음식이 있다. 식물의 꿀과 동물의 젖이 그것이다. 그러기에 성경에서도 가장 좋은 땅을 "젖과 꿀이 흐르는 땅"이라고 표현하지 않았던가.

나는 여기서 꿀에 주목하고자 한다. 본래 꿀은 꽃에 있다. 덩어리가 아니라 아주 미세하게 흩어져 있다. 그걸 벌들이 열심히 모아 꿀 덩어리를 만든다. 그래서 사람들은 꿀을 가리켜 꽃꿀이라 하지 않고 벌꿀이라 말한다. 이 대목을 인용해 나는 시를 설명하기도 한다.

시는 본래 독자에게 있던 그 무엇이다. 그걸 알아차리고 섬세하게 모아 언어로 표현하는 사람이 시인이다. 그런 까닭에 시를 시인의 것이라고 말한다. 그렇지만 시인은 두 가지를 합의하고 넘어가야 한다. 시의 본래 주인은 독자라는 것. 그러므로 시를 독자에게 돌려줘야 한다는 것. 이런 의미에서 시인과 꿀벌은 같은 사명과 의미를 지니고 있다고 봐야 한다. 그러면 꿀벌의 덕성은 무엇인가? 왜 꿀벌이 꿀벌인가?

첫째로 꿀벌은 좋은 것, 필요한 것을 찾아 구별할 줄 아는 능력을 지니고 있다. 탁월한 감식력이 있기에 가능한 일이다. 둘째로 꿀벌은 그렇게 찾고 구별하지만 상대방을 해하지 않는다. 생명을 사랑하고 보살피려는 마음이 있어서다. 셋째로 꿀벌은 부지런하다. 끝없이 노력하면서 쉬지 않고 무슨 일인가를 한다. 근면은 모든 성공의 모체와 같다. 넷째로 꿀벌은 모으고 저축할 줄 안다. 이는 어려운 시절을 대비하는 지혜다. 다섯째로 꿀벌은 다른 생명에게 유익함을 준다. 나눠주고 다른 생명이 잘 살도록 도와준다.

결국 우리가 꿀벌에게 배워야 할 가장 좋은 시사점과 교훈은 '선한 영향력'이다. 우리는 어떻게든 다른 사람에게 좋은 것을 주고, 그걸 나누면서 선한 영향력을 발휘해야 한다. 적어도 그러도록 노력해야 한다. 그렇지 않을 때 내 재화와 재능과 권력이 무슨 소용이 있겠는가!

세상은 의외로 단순해 '나' 하나와 다른 모든 '너'로 구성돼 있다. 인생살이는 나와 너의 관계 지음에서 시작해 완성된다. 나 혼자서만 잘 사는 세상은 없다. 오로지 더불어 잘 사는 삶이다. 나 혼자만의 평안이나 행복은 가능하지 않다. 그럼에도 우리는 오직 나 혼자만의 행복과 부유와 안일을 꿈꾸기도 한다. 그래서 우리 인생이 이토록 우울하고 불안하고 불행하고 하루하루가 따분한 것이다.

요즘 나는 "이제 우리는 타인의 시각으로 세상을 봐야 할 때"라고 밝힌 전 독일 총리 앙겔라 메르켈의 말에 많은 위로를 받는다. 좋은 세상을 살아갈 희망의 끈도 발견한다. 또한 그것이 하이데거의 중심 사상인 '관심Sarge'과 연결된다고 본다. 나혼자 잘 살 수 있는 편안하고 좋은 세상은 어디에도 없다. 우리는 이를 코로나19 시기에 배우기도 했다.

세상의 모든 앞서가는 사람, 잘 사는 사람, 많이 아는 사람, 높은 자리에 있는 사람 들도 꿀벌과 같은 일을 하는 사람이고 마땅히 꿀벌처럼 해야 한다. 그렇지 않은 것은 악덕이다. 혼자 좋아서 자기만 아는 시를 쓰는 시인도 여기에 해당함은 물론이다.

독백

시는 내게 무엇인가? 시가 무엇이기에 나는 평생 시에 매달려 사는가? 시는 왜 나를 이리저리 끌고 다니는가? 혼자 생각해봐도 불가사의하다.

다만 내가 시를 좋아한 것은 분명하다. 시가 좋았고 시를 쓰고 싶었고 시와 가까이하고 싶었다. 누가 시켜서 그런 게 아니다. 스스로 원한 일이다. 좋아한다는 건 언제나 중요하다.

나는 결코 시를 잘 쓰는 사람이 아니다. 다만 끝없이 잘 쓰고 싶어 하고 끝없이 좋아하는 사람일 뿐이다. 누군가가 시켜서 시를 좋아하고 시를 잘 쓰고 싶어 했다면 여러 차례 그만두었을 것이다.

열다섯 살 이후 하루도 쉬지 않고 시를 생각하고 읽고 써온 내 인생의 나날에 감사한다. 나 자신을 칭찬한다. 어쩌면 그럴 수 있었을까? 시는 바이러스와 같다. 한번 전염되면 그 무엇으로도 고쳐지지 않는 불치의 바이러스다.

그 바이러스를 어떻게 이기고 어떻게 통제할 것인가? 오로지 시를 읽고 생각하고 쓰는 일로만 치유할 수 있다. 그것이 최선의 방법이다. 말하자면 이이제이以夷制夷요 이열치열以熱治熱이다.

왜 평생을 시와 더불어 살면서 가슴에 지닌 말이 없겠는가. 특히 소년 시절 두 독일인의 말이 내 마음을 끌어당겼다. 가슴에 사무쳤다. 평생의 지팡이이자 이정표였다. 덕분에 끝없이 먼 길을 잘 걸어왔다.

헤르만 헤세의 말.

"시인이 아니면 아무것도 되지 않겠다."

그가 열네 살 때 한 말이라는데 놀랍지 않은가! 그보다 훨씬 전에 살았던 라이너 마리아 릴케의 말.

"사람의 한평생 100년은 시 하나 제대로 쓰기에도 부족하다."

이 얼마나 거룩한 충고인가.

이런 말이 내 앞에 있었기에 나는 외롭지 않게 오늘까지 왔고, 앞으로도 그렇게 혼자 갈 것을 믿는다. 시는 대화체이기도 하지만 끝없는 독백체로 하는 말법이다. 내 독백이 다른 사람의 그것이 되기를 바라기도 하리라.

　이제 내가 시에게 말씀을 드린다. 시여, 나 당신이 이미 앞에 있으므로 끝없이 독백하며 살았고, 앞으로도 당신을 향해 끝없이 독백을 늘어놓을 것입니다. 그 독백을 당신이 계속해서 잘 받아주실 것을 믿습니다. 동행을 허락해주실 것을 믿고 소망합니다.

닫는 글

뒷모습을
사랑하자

세상 모든 것에는 뒷모습이 있다. 뒷모습은 동물이나 식물처럼 살아 있는 생명체에게만 있는 게 아니라 바위, 산, 강물에도 있다. 뒷모습은 선하다. 뒷모습은 꾸밈이 없고 속임수도 없다. 앞모습이 날카롭고 대결적이라면 뒷모습은 허용적이다. 딱딱하지 않고 부드럽고 따스하다.

우리는 알게 모르게 얼마나 이 뒷모습을 사랑했던가. 내가 쓴 시 〈풀꽃〉의 마지막 행 "너도 그렇다"(〈풀꽃〉 부분, 《쪼끔은 보랏빛으로 물들 때》, 시학, 2005)도 아이들의 뒷모습을 보면서 떠올린 문장이다. 젊은 교사 시절 꾸중을 듣고 제자리로 돌아가는 아이들의 뒷모습을 보면서 나는 얼마나 나 자신의 경솔함을 뉘우쳤던가. 미안한 마음이 들었던가. 사람의 마음은 그렇게 이중적이다.

옛 어른들은 아이가 잘못했을 때 화가 나면 그 자리에서 손이나 몸으로 체벌하지 않으셨다. 가서 벽장 위에 있는 매를 가져오라고 하거나, 밖으로 나가 울타리 가에서 회초리 하나 꺾어오라고 하셨다. 그건 다 지혜에서 나온 행동이다.

아이가 매를 가져오거나 회초리를 꺾어오는 동안 어른은 화를 삭일 시간을 얻고 아이도 제 잘못을 스스로 반성할 시간을 얻을 게 아닌가. 회초리를 꺾으러 가는 아이의 뒷모습을 보는 어른은 이미 아이의 뒷모습에서 안쓰러움과 측은함을 충분히 느낄 것이다. 그래서 깨질 것 같던 마음의 판이 다시금 엉겨 붙으며 평정을 찾게 되는 것이리라.

힘들고 지치고 어려울 때 누군가가 내 뒷모습을 지켜본다고 생각하면, 더구나 그의 눈가에 촉촉한 물기가 맺혀 있다고 생각하면, 흔들리는 두 다리는 충분히 새로운 힘을 되찾고 우리는 다시금 살아갈 용기를 얻지 않을까.

당신의 뒷모습을 아끼자. 아니다. 다른 사람들의 뒷모습을 사랑하자.

좋아하기 때문에